हिन्द पॉकेट बुक्स

झुनिया

मिथिलेश्वर हिंदी साहित्य में साठोत्तरी पीढ़ी से सम्बद्ध प्रमुख कथाकार हैं। मुख्यतः ग्रामीण जीवन से सम्बद्ध कथानकों के प्रति समर्पित कथाकार मिथिलेश्वर सीधी-सादी शैली में विशिष्ट रचनात्मक प्रभाव उत्पन्न करने में सिद्धहस्त माने जाते हैं। वे सादगी के शिल्प में कहानी रचने वाले कथाकार हैं।

मिथिलेश्वर मूलतः उस जनता के लेखक हैं, जो गाँव में रहती है और आज भी अपनी बेहतरी के लिए सामंती पूंजीवादी अवधारणा के खिलाफ निजी और सामूहिक स्तर पर संघर्ष कर रही है।

झुनिया

मिथिलेश्वर

हिन्द पॉकेट बुक्स
पेंगुइन रैंडम हाउस इम्प्रिंट

हिन्द पॉकेट बुक्स

यूएसए | कनाडा | यूके | आयरलैंड | ऑस्ट्रेलिया | सिंगापुर
न्यू ज़ीलैंड | भारत | दक्षिण अफ्रीका | चीन

हिन्द पॉकेट बुक्स, पेंगुइन रैंडम हाउस ग्रुप ऑफ़ कम्पनीज़ का हिस्सा है,
जिसका पता www.hindpocketbooks.com पर मिलेगा

पेंगुइन रैंडम हाउस इंडिया प्रा. लि.,
चौथी मंजिल, कैपिटल टावर -1, एम जी रोड,
गुड़गांव 122 002, हरियाणा, भारत

पेंगुइन
रैंडम हाउस
इंडिया

प्रथम हिन्दी संस्करण हिन्द पॉकेट बुक्स द्वारा 1980 में प्रकाशित
यह हिन्दी संस्करण 2020 में प्रकाशित

10 9 8 7 6 5 4 3 2

ISBN 9789353497408

मुद्रक: रेप्रो इंडिया लिमिटेड

www.penguin.co.in

FSC www.fsc.org
MIX
Paper from responsible sources
FSC® C047271

This is a legitimate digitally printed version of the book and therefore might not have certain extra finishing on the cover.

समर्पण

पूज्य पिता स्व० प्रो० वंशरोपन लाल
(भूतपूर्व विभागाध्यक्ष, वाणिज्य विभाग,
एच० डी० जैन कॉलेज, आरा) को
जिनकी संघर्षमयी जिन्दगी
बाधाओं से लड़ने के
लिए मुझे आज
भी ललकारती
रहती है।

क्रम

झुनिया

गेहूं की कटनी शुरू हो गई। हर साल की तरह इस साल भी रात में ही गेहूं की कटनी शुरू हुई। दिन में सूरज आग उगलता है, इसीसे रात में ही कटनी होती है। रात अधिया चलने पर कटनिहार अपने-अपने घरों से निकलते हैं। फिर आठ बजे सुबह तक कटनी चालू रहती है। आठ बजे के बाद जब सूरज की किरणें आग बन जाती हैं, सभी कटनिहार अपने-अपने घरों की ओर लौट जाते हैं।

कटनी के दिनों में बूढ़े कहार हरिहर की आंखों से नींद उड़ जाती है। उसके जैसे मजदूरों के लिए ये ही कुछ दिन अपने होते हैं। रोपनी, कटनी और दवनी, ये तीनों मौसम ऐसे होते हैं जिनमें गांव के मजदूरों को जीने-खाने तथा कमाकर वर्ष भर के लिए संचित करने का मौका मिलता है। इन दिनों में जो मजदूर आलस कर देता है, उसे पूरे वर्ष भर फांके करने पड़ते हैं और उसका एक-एक दिन आंसुओं में डबा हुआ बीतता है।

हरिहर के कानों में ठाकुरबारी के घंटे की आवाज सुनाई पड़ती है। गांव से बाहर ठाकुरजी का एक विशाल मंदिर है। प्रतिदिन रात के बारह बजे ठाकुरजी का भोग लगता है। भोग लगते समय मंदिर के साधुओं द्वारा खूब तेज आवाज में घंटे बजाए जाते हैं। गांव के मजदूरों के लिए घंटों की यह आवाज रात अधिया जाने की सूचना होती है। गेहूं की कटनी के दिनों में यह आवाज सुनते ही मजदूर अपने-अपने घरों से निकलने लगते हैं।

खटिया से उठ बैठता है हरिहर। झुनिया को जगाने के लिए आगे बढ़ा है। झुनिया उसकी एकमात्र लड़की है। बचपन में ही मां और भाई उसे छोड़कर चले गए। उनका डोरा पूर गया था। भगवान ने उन्हें अपने पास बुला लिया। तब से झुनिया की परवरिश हरिहर ही करता आ रहा है। बच्ची थी झुनिया तो हरिहर को कोई फिकर नहीं थी। लेकिन झुनिया की उम्र बांध सकने की क्षमता भी तो हरिहर में नहीं थी। झुनिया जवान हो ही गई। और जब से जवान हुई है झुनिया, हरिहर मुसीबत में पड़ गया है। गांव में झुनिया के बारे में अफवाहें और बातें वह रोज ही सुनता है। फिर भी जानबूझकर अनजान बनने की कोशिशें किया करता है। लेकिन यह सिर्फ हरिहर ही जानता है कि भीतर से नग्न सच्चाई जानते हुए भी ऊपर से अनजान बनना कितना कष्टदायक होता है। पर क्या करे हरिहर? टी हुई मड़ई और फटी हुई हंडिया में कुछ भी छिपाया नहीं जा सकता। गरीबों की हालत भी ऐसी ही होती है। उनका घर एक टूटी हुई मड़ई और उनकी जिन्दगी एक फूटी हुई हंड़िया होती है।

"उठ री!" हरिहर झुनिया को झकझोरता है। झुनिया कुनमुनाते हुए करवट बदलती है। एक क्षण को वह अपना हाथ-पैर ऐंठती रहती है। फिर बैठकर आंख मलने लगती है। हरिहर बोलता है, "चल, सभी चले गए होंगे। दो-चार बोझा काट लिया जाए। अभी से इस तरह सोएगी तो कैसे होगा? अभी तो पूरी कटनी बाकी है।"

झुनिया उठ खड़ी होती है। कहती है, "चलो, मैं बाहर के दरवाजे में ताला लगाकर आती हूं।" हरिहर चल देता है। जानता है, झुनिया उसके पीछे क्यों आना चाहती है। अभी आंगन में जाएगी। फिर कोने वाले घर के दियरखे से बीड़ी-सलाई लेकर कमर में खोंसेगी। एक बीड़ी सुलगाकर भुकभुकाएगी और तब आएगी। बचपन में ही मां के मर जाने से टोला-पड़ोस की लड़कियों ने इसे मेला-बाजार घुमाना तथा बीड़ी भुकभुकाना सिखा दिया है। हरिहर को मजदूरी से फुर्सत मिलती नहीं थी कि इसे देखे। और अब तो आदत' से भी आगे बढ़कर झुनिया के लिए बीड़ी जरूरत हो गई है। खाना बनाते, आराम करते और इसी तरह प्रायः हर वक्त वह बीड़ी पीती रहती है। जब कभी हरिहर

पर उसकी नजर पड़ जाती है, तब बीड़ी बुझाकर वह कान पर खोंस लेती है। फिर हरिहर के हटते ही कान से बीड़ी उतारकर सुलगा लेती है। हरिहर को लगता है कि अब बहुत अधिक समय नहीं है। जल्द ही झुनिया अब उसके सामने भी बीड़ी पीना शरू कर देगी।

गांव से बाहर सड़क के किनारे वाले प्राइमरी स्कूल को लांघते हुए हरिहर और झुनिया पुलिया पर आ गए। कल की भांति आज भी वे राणा बहादुरसिंह के खेत में ही जाएंगे। राणा बहादुरसिंह उसके गांव के सबसे धनी गृहस्थ हैं। उनके पास एक सौ बावन बीघा खेत है, और एक ही जगह। उनके खेत को 'बावन बिगहवा' कहा जाता है। गांव में सबसे अच्छी फसल उनके खेत में ही पैदा होती है। इलाके में दो-दो सौ बीघा रखने वाले गृहस्थ हैं, पर राणा बहादुरसिंह की तरह फसल वे नहीं काट पाते हैं। लेकिन इसका मतलब यह नहीं कि राणा बहादुरसिंह की तरह और लोगों का खेत ऊसर नहीं है। आजकल पैदा ऊसर खेत में नहीं, बल्कि खाद के बल पर होती है। गांव के लोग बतियाते हैं कि राणा बहादुरसिह का बी० डी० ओ० से लेन-देन है। इस गांव के नाम पर जितना कुछ खाद पास होता है, सब राणा बहादुरसिंह को ही मिल जाता है।

गांव में कटनी भी सबसे पहले राणा बहादुरसिंह के खेत में ही लगती है। उनका खेत कट जाने के बाद दूसरे के खेत में कटनी लगती है। हर जगह 'सोरही' का हिसाब है। सोलह बोझे काटने पर एक बोझा मिलता है। सो गांव के कटनिहार सबसे पहले राणा बहादुरसिंह का खेत ही काटते हैं। उनके खेत की फसल बहुत घनी और बालियां अनाजों से भरपूर होती हैं। दूसरे के खेत में जितना समय लगता है, उससे कम समय में ही राणा बहादुरसिंह के खेत में सोलह बोझे कट जाते हैं। फिर दूसरे के खेत में सोलह बोझे काटने के उपलक्ष्य में मिले बोझ से दुगुना अनाज राणा बहादुरसिंह के खेत से मिले बोझे से झड़ता है। इसीसे गांव का कोई भी कटनिहार राणा बहादुरसिंह के खेत में काटने का अवसर नही खोता हैं।

राणा बहादुरसिंह के बाद दस, बारह, चौदह और पच्चीस बीघा के कुछ गृहस्थ उस गांव में हैं। राणा बहादुरसिंह के बाद उनके खेत की कटनी शुरू

होती है। उनमें से कुछ तो टूटते-खपते यहां तक गिर गए हैं कि कटनिहार भी बन गए हैं। लेकिन कुछ उठते जा रहे हैं। वे राणा बहादुरसिंह तक अपने को उठाने की कोशिश में लगे हैं।

हरिहर और झुनिया के 'बावन बिगहवा' तक पहुंचते-पहुंचते कटनी लग चुकी होती है। वे भी एक किनारे बैठकर काटने लगे। हवा का तेज झकोरा बहत अच्छा लगता है। रात की शीतलता हवा में घल-मिल गई है। लेकिन ऊपर का सुहाना वातावरण और ठंडक पैर के नीचे की ऊबड़-खाबड़ जमीन से तनिक भी मेल नहीं खाती। जगह-जगह से पैर में मिट्टी के सूखे नुकीले कोने चुभ जाते हैं तथा गेहूं का कटा हुआ थना खरोंचे लगा देता है। लेकिन तेजी से काटने की आपाधापी में इन सब कुछ का कोई ख्याल नहीं करता। निरन्तर अधिक काटने की लालसा पैरों को पत्थर बना देती है, जो पूरी कटनी सब कुछ सहने के लिए अभ्यस्त हो जाते हैं। फिर भी पैर में किसी तरह का चुभन हरिहर को अपने बड़े लड़के की याद दिला देती है। इसी बावन बिगहवा की कटनी में उसका लड़का हमेशा के लिए उससे जुदा हो गया। हरिहर को आज भी इस बात का विश्वास है कि उसके लड़के को सांप ने ही काटा था। लेकिन राणा बहादुरसिंह ने अपने खेत को बदनामी से बचाने के लिए भूत का ग्रसना और डायन का बाण लगना हो प्रचारित कर दिया था। हरिहर को साफ याद है, जब उसका लड़का कटनी करते-करते ही पसर गया था, तब हरिहर दो-चार कटनिहारों के साथ उसे टांग-टुंगकर किनारे की मेंड़ पर ले आया था। किनारे की मेंड़ पर चौकी लगाए इतमीनान से राणा बहादुर सिंह बैठे थे। बराबर कटनी के समय वे इसी तरह बैठते हैं। अपनी टार्च की रोशनी में उन्होंने हरिहर के लड़के को देखा था। उसकी आंखें एकदम लाल-लाल हई थीं और वह अर्द्धबेहोशी की स्थिति में था। उसने कहा था, 'मेरे पैर में किसी चीज ने काट लिया है।'

उसके पैर को देखा गया था। उसके पैर में जख्म के कई निशान थे— मिट्टी के सूखे नुकीले कोनों के चुभने तथा गेहूं के थनों के खरोंचने का। अब यह पहचानना मुश्किल था कि किसी जन्तु के काटने का निशान कौन-सा है? इसीलिए राणा बहादुरसिंह ने सबों को मुश्किल में डाल दिया था कि इसे किसी

भी चीज ने नहीं काटा है। भूत का ग्रसना और डायन का बाण लगना बताते हुए उन्होंने यह बताया था कि इसे मूर्च्छा आ गई है। फिर हरिहर को उन्होंने कहा था कि इसे घर पर ले जाकर आराम से लिटाए। हरिहर उसे लेकर घर आ गया था। घर आने के घंटे भर बाद उसके मुंह से काफी झाग आने लगा था। फिर हरिहर के लाख भाग-दौड़ करने के बावजूद भी उसका लड़का नहीं बच सका था। हरिहर से यह दुःख सहा नहीं जा रहा था। लेकिन राणा बहादुर सिंह ने उसे सांत्वना दी थी कि क्या करोगे? जिसका काल पूरा जाता है, उसे कोई रोक नहीं सकता। भगवान के यहां से उसका बुलावा आ गया था। हमारे और तुम्हारे रोकने से वह रुकने वाला नहीं था।

हरिहर आज भी इस खेत में कटनी करने आता है तो उसका मन दहशत से भर जाता है। इस खेत की पुरानी, मोटी पगडंडियों में अनेक सुराखें हैं। उन सुराखों में से कई बार कई विषैले सांपों को उसने घुसते-निकलते देखा है। उसने ही क्यों, प्रायः सभी कटनिहारों ने देखा है। लेकिन कटनी करने से कहां कोई बाज आता है! पेट का अजगर इन सांपों से ज्यादा भयावह है। उसकी क्रूर मांग हर भय को दूर कर देती है। लोग हंसिया लेकर खेतों में कूद पड़ते हैं। उनके सामने जीवन की एक ही व्याख्या होती है—काल आ जाने पर कोई रोक नहीं सकता। क्या खेत, क्या महल, काल आ जाने पर कहीं भी आदमी बच नहीं पाएगा। राजा परीक्षित को बचाने की लाख कोशिश की गई, लेकिन वे बच नहीं सके।

रात के सातवें पहर चांद निकल आता है। कटनिहारों का मन बागबाग हो जाता है। उनके हाथ की रफ्तार और तेज हो जाती है। कई के कंठ कुछ गीत भी गुनगुनाने लगते हैं। खासकर सोमारू कुछ तेज-तेज आवाज में गाने लगता है। सोमारू को चांदनी रात में झुनिया बहुत अच्छी लगती है। चांदनी रात ही क्यों, अंधकार में भी सोमारू की आंखों के आगे झुनिया की आकृति तैरती रहती है। सोमारू अपने कुछ कटनिहार मित्रों से कहता है कि वह हवा के रुख से ही पहचान लेता है कि झुनिया कहां बैठी है। झुनिया के शरीर की सोंधी गंध सोमारू को बेचैन किए रहती है, ऐसा सोमारू अपने मित्रों से बताता

है। लेकिन उसके मित्र कहते हैं कि तू मजनू हो गया है। कहां उसके शरीर से कोई गंध आती है? कटनी हम लोग तो बराबर उसके करीब करते हैं। पर सोमारू अपने मित्रों की बात पर कान नहीं देता है। वह कहता है कि मुझे खेत, खलिहान, गली कहीं भी झुनिया नजर आती है तो बस, उसी समय उसके शरीर की सोंधी गंध मेरी नाक में घुस जाती है।

यह सोमारू झनिया की तरह ही अब अपने मां-बाप का अकेला बच्चा है। उसकी तीन बहनें थीं, जिनकी शादियां हो चुकीं। अब वे अपनी ससुराल में हैं। सोमारू की शादी की बात भी उसके मां-बाप चलाते हैं, पर वह लड़ बैठता है। लेकिन वह चाहकर भी अपने मां-बाप को यह नहीं बता पाता है कि वह झुनिया से शादी करना चाहता है। दरअसल ऐसा इस गांव में कभी हुआ ही नहीं है कि इस गांव की ही किसी लड़की को इस गांव का ही कोई लड़का रख ले। इसीसे सोमारू बराबर झुनिया को लेकर इस गांव से भाग जाना चाहता है। लेकिन झुनिया तैयार ही नहीं होती है। तैयार होने की तो बात अलग है; झुनिया सोमारू को प्यार भी नहीं दे पाती है। सोमारू अपने हृदय का संपूर्ण प्यार समर्पित करता रहता है, पर झुनिया की ओर से कोई जवाब नहीं मिलता। सोमारू के मित्र बताते हैं कि तुम्हारा प्यार एकतरफा है और जब तक प्यार दोतरफा नहीं हो पाता, तब तक प्यार में गुल नहीं खिलता है। इसीसे सोमारू अपने प्यार को दोतरफा बनाकर गुल खिलाने की कोशिशों में संलग्न रहता है। झुनिया को पा लेना उसके लिए विश्व पर विजय प्राप्त कर लेना है।

अचानक फिल्मी गानों की मधुर आवाज कटनिहारों को चौंका देती है। वे चौकन्ना होकर देखते हैं। गांव से आने वाली पगडंडी पर सूट-बूट में लैस एक खूबसूरत नौजवान कंधे पर ट्रांजिस्टर लटकाए चला आ रहा है। कौन है?—यह जानने की जिज्ञासा सभी कटनिहारों के मन को मथने लगती है। फिर जब वह नौजवान धीरे-धीरे काफी करीब आ जाता है तब राणा बहादुरसिंह के आस-पास रहने वाले कुछ कटनिहार उसे पहचान जाते हैं। वह राणा बहादुरसिंह का लाड़ला पुत्र निखिल बहादुर है। आज ही शाम को शहर से आया है। एम०ए० पास कर गया। पढ़ने के लिए शहर गया था। अब

स्थायी रूप से रहने के लिए गांव आ गया है। शहर की सौ-पचास की नौकरी से क्या होगा? इतना खेत-बधार है, कौन देखेगा? राणा बहादुरसिंह तो अब बूढ़े हो चले हैं।

निखिल बहादुर अपने खेत की पगडंडियों पर घमने लगता है। जगह-जगह झुक-झुककर कटनिहारों को देखता जाता है। एकाएक झुनिया के पास पहुंचते ही उसके कदम ठिठक जाते हैं—इतना आकर्षक सौन्दर्य! गठीला बदन! फिर भी कटनी कर रही है! वह आश्चर्य से भौचक हो देर तक झुनिया को देखता रहता है। फिर पूछता है, "किसकी बेटी हो?"

वह आंख नचाकर बोलती है, "हरिहर कहार की।"

"कौन हरिहर कहार?" वह दुबारा पूछता है।

"आप नहीं पहचानिएगा बबुआजी," पीछे से हरिहर कहार बोलता है, "आप बहुत छोटे थे तब मैं आपको कंधे पर बिठाकर सड़क पर घुमाया करता था।"

"अच्छा, कहो, क्या हाल है?"

"सब ईश्वर की कृपा है, बबुआजी!"

कितने लड़के हैं तुमको?"

"लड़के नहीं हैं बबुआजी! एक लड़का आपकी उम्र का था, वह ईश्वर के पास चला गया।"

"और लड़की?"

"लडकी यही एक झुनिया है।"

इसकी मां?"

"इसकी मां नहीं है। वह भी परलोक सिधार गई। भाई और मां का प्यार इसे नहीं बदा था।"

"क्या करोगे! सब ईश्वर की लीला है। और सब तो.... ठीक है न?"

"सब ऊपर वाले की दया है बबुआजी!"

इसके बाद दोनों खामोश हो गए। हरिहर कटनी में मशगूल हो गया और निखिल झुनिया को घूरने लगा। कभी-कभी झुनिया भी पलटकर निखिल को

देख लेती। और यही बात सोमारू के ऊपर चाकू की तरह प्रहार करती है। उसे निखिल अपना सबसे बड़ा दुश्मन प्रतीत होने लगता है, यह जानते हुए भी कि वह उसीके खेत में कटनी कर रहा है। उसे झुनिया पर भी गुस्सा आता है कि वह क्यों उसे पलटकर देखती है। उसके हाथ एकदम से शिथिल हो जाते हैं। उससे गेहूं के पौधे काटे नहीं जाते। वह बुरी तरह बेचैन हो उठता है। यह जानकर कि निखिल अब स्थायी रूप से गांव में रहने के लिए आ गया है, उसे अपना प्रणय-भविष्य एकदम अंधकारपूर्ण लगने लगता है। फिर एक स्थिति ऐसी आती है कि हंसिया फेंककर सिर-दर्द का बहाना बना पास ही की मेंड़ पर बैठ जाता है।

सुबह के तड़के ही सनसनी की तरह यह खबर पूरे गांव में फैल जाती है कि हरनाम जेल से छूटकर आ गया है। अबकी दफा वह तीसरी बार जेल से छूटकर आया है। इस बार उसका शरीर काफी भरा-भरा लगने लगा है तथा मूंछे बहुत बड़ी-बड़ी हो गई हैं। उसका चेहरा पहले से कहीं अधिक खूंखार और भयावह हो गया है। अपने आ जाने की सूचना देने के लिए वह पूरे गांव का चक्कर एक बार लगा चुका है।

अब क्या किया जा सकता है? कौन-सा रास्ता अब शेष बचा है? राणा बहादुरसिंह को कुछ भी समझ में नहीं आ रहा है। हरनाम को पहली दफा गिरफ्तार करवाने के बाद राणा बहादुरसिंह गहरी नींद सोए थे। उन्हें लगा था कि जेल की सजा भुगत चुकने के बाद बच्चू अब कभी चोरी-बदमाशी नहीं करेगा। इसीलिए जब पहली दफा हरनाम जेल से छूटकर आया था तो राणा बहादुरसिंह उसकी हरकतों पर विशेष गौर करने लगे थे। लेकिन वैसा कुछ भी नहीं हो पाया, जैसा उन्होंने सोचा था। हरनाम के रवैये में कहीं कोई बदलाव नहीं आया था। पुनः दूसरी बार राणा बहादुरसिंह ने उसे गिरफ्तार करवाया था। इस बार थाना पर उसे हंटरों से पिटवाया भी था। पर इस दूसरी बार भी हरनाम जेल की अवधि समाप्त कर लौट आने पर तनिक भी नहीं बदला, बल्कि पहले से कहीं और ज्यादा कठोर हो गया था। राणा बहादुरसिंह

को दूसरी बार जेल से लौट आने पर हरनाम ने पानी पिला दिया था। उनकी आधी से अधिक फसलें चोरी से कटवा ली थीं, और दालान में सोए हुए उन्हें एक रात अपने मित्रों से पिटवाया भी था। वे उससे बुरी तरह तंग हो चुके थे। फिर काफी भाग-दौड़कर तथा कई सालों की फसलों का मुनाफा लुटाकर उन्होंने तीसरी बार उसे गिरफ्तार करवाया था। और इस तीसरी बार भी वह पुनः छूटकर आ गया है। इस बार वह सिर्फ कठोर ही नहीं हुआ है, बल्कि एकदम खूंखार और भयंकर हो गया है। राणा बहादुरसिंह के अन्तरंग मित्रों ने उन्हें बताया है कि गांव में घुसते ही हरनाम ने चुनौती दी है कि अब राणा बहादुरसिंह उसे कभी गिरफ्तार नहीं करवा सकते हैं। इसीलिए राणा बहादुरसिंह गहरी सोच में डूब गए हैं।

दरअसल, राणा बहादुरसिंह और हरनामसिंह की यह लड़ाई बहुत पुरानी नहीं है। वैसे भी हरनाम, राणा बहादुरसिंह से काफी छोटा है। वे अब बूढ़े हो गए हैं और उसकी जवानी तो अभी-अभी आई है। गांव के लोग बताते हैं कि अपनी बिरादरी के गरीब हरनाम को कई बार और कई जगह इस्तेमाल करने के बाद भी जब राणा बहादुरसिंह उसके मौकों पर काम नहीं आए थे तो वह फुफकार उठा था। फिर गलत तरीके से उसने उनके ऊपर वार करना शुरू किया था। चूंकि राणा बहादुरसिंह सम्पत्तिशाली थे। गांव उनका था। लोग-बाग उनके थे। इसीलिए उन्होंने तीन-तीन बार हरनाम को पकड़वा कर जेल भिजवाया था। मगर इस बीच हरनाम ने अपने को काफी मजबूत कर लिया था और अब तो भरपूर साहस और काफी शक्ति के साथ हरनाम इस गांव में खड़ा हो गया है। राणा बहादुरसिंह को इसीलिए अब सारे रास्ते और दरवाज़े बंद नजर आने लगे हैं।

हरिहर की मड़ई में शराब पीते हरनाम को अपना हमउम्र जोगिंदर मिल गया। जोगिंदर का राजनीतिक जीवन अब गांव की ऊंचाइयों को छने लगा है। गांव के अन्य युवकों की तरह मैट्रिक या बी० ए० करने के बाद जोगिंदर रोजी-रोटी में नहीं फंसा, बल्कि बचपन से लगी अपने मन की राजनीतिक लगन को उसने और अधिक विस्तार दिया। अपनी इस छोटी उम्र में ही उसने

कितनी पार्टियां छोड़ीं और पकड़ीं। दरअसल उसके लिए पार्टियों का कभी महत्त्व नहीं रहा। चुनाव लड़ने वाले व्यक्ति, जिनसे उसे कुछ लाभ होता था, जो उसे कुछ लेते-देते थे, वह उन्हींका प्रचार करता था, चाहे वे किसी भी पार्टी के क्यों न हों। इस इलाके के कई लोगों को उसने एम० एल० ए० बना दिया है। इसीलिए इस इलाके में उसकी पूरी धाक है। इस गांव में भी उसकी भरपूर लोकप्रियता कायम हो गई है। गांव के अमीर-गरीब, दोनों वर्ग उसे चाहते हैं। चमरटोली और दुसाध टोली में सरकारी नल और कुएं का इंतजाम उसने करवा दिया है। अमीर वर्ग की लेवी सूखाग्रस्त क्षेत्र घोषित करके उसने माफ करवा दिया है। गांव के तमाम लोग कहते हैं कि जोगिंदर एक सही राजनीतिक व्यक्ति है। उसका जन्म इस गांव के उद्धार के लिए ही हुआ है। जोगिंदर की मिट्टी के मकान के स्थान पर उठ आए पक्के मकान से गांव के लोग काफी प्रभावित हैं। वे अपने बच्चों को भी राजनीति सिखाने तथा जोगिंदर के शार्गिद बनाने की कोशिश में लगे रहते हैं।

हरनाम को देखते ही जोगिंदर अपने राजनीतिक लहजे में कहता है, “अरे हरनाम, यहां हो! जब से तुम आए हो, तब से मैं तुमको खोज रहा हूं।”

“कहो, क्या हाल है?” हरनाम पूछता है।

“सब ठीक है। तुम्हारे लिए मैंने दारोगा, इन्स्पेक्टर, डी० एस० पी० और एस० पी० को तंग कर दिया था। जानते हो, एस० पी० का ट्रान्सफर हो रहा था। वे बहुत मुश्किल में पड़ गए थे। मेरे सामने गिड़गिड़ाने लगे। बस, मैंने अपने एम० एल० ए० को भिड़ा दिया था। फिर क्या कहना, उनकी बदली रोक दी गई। अब बच्चू को जो कहूंगा सो करेंगे। तुम अब मौज से रहो। जब तक यह एस० पी० रहेंगे, कोई तुम्हें गिरफ्तार करने नहीं आएगा।”

हरनाम गद्गद हो जाता है। वह अभी एकदम अनुभवहीन है। इससे पहले भी जोगिंदर ने कई बार उसे इस तरह का आश्वासन दिया है और इसके बावजूद भी वह गिरफ्तार हुआ है। फिर भी उसे झटका नहीं लगा है। जोगिंदर की बातें इतनी प्रभावशाली और असरदार होती हैं कि लोग गद्गद हो ही जाते हैं। उन्हें जोगिंदर अपना परम हितैषी लगने लगता है।

हरनाम जोगिंदर का हाथ पकड़ते हुए कहता है, "बैठो यार, थोड़ा पियो। कोई सेवा है?"

जिोगिंदर बैठकर हरनाम के साथ ही पीने लगता है। फिर कहता है, "नहीं दोस्त, सेवा क्या? तुम्हारी एक नजर ही काफी है। इलेक्शन आ रहा है। देखना, चमरटोली और दुसाध टोली के लोग बहकने न पाएं।"

"इसके लिए तुम बेफिकर रहो। एक आदमी भी नहीं बहकेगा। तुमसे भी कोई अपना होगा? जिसको तुम चाहोगे, उसीको ओट पड़ेगा।"

इसी तरह हरनाम से बतियाने तथा उसके साथ कुछ देर तक पीने के बाद जोगिंदर वहां से चल दिया। अपनी पूर्व निश्चित योजना के अनुसार वह सीधे राणा बहादुरसिंह के दालान पर आया। राणा बहादुरसिंह को देखते ही दूर से ही हाथ जोड़कर वह बोला, "पा लागी चाचा!"

"खुश रहो...खुश रहो...इधर दो-तीन दिनों से नजर नहीं आए।" राणा बहादुरसिंह भरपूर रुचि के साथ उसकी ओर मुखातिब हो जाते हैं। वह राणा बहादुरसिंह का अपना भतीजा नहीं है। फिर भी अपने भतीजे से कहीं ज्यादा आत्मीय लहजे में कहता है, "चाचा, साला हरनाम फिर छूट गया। इसके बाहर के दोस्त कोशिश-पैरवी करके इसे छड़वा देते हैं। अबकी बार इस साले को सदा के लिए गिरफ्तार करवा दिया जाए।"

"यही तो मैं भी सोच रहा हूं बेटा! कल से, जब मैंने सुना है कि वह आ गया है, मेरी नींद हराम हो गई है।"

"नहीं चाचा, फिकर करने की कोई बात नहीं है। एस० पी०, डी० एस० पी० सभी मेरे अपने हैं। अभी परसों ही तो डी० एस० पी० की लड़की की शादी में गया था। सारा भार मेरे ऊपर था। आप चुपचाप देखते रहिए। मैं महीने भर के अन्दर इसे फिर गिरफ्तार करवा रहा हूं। सिर्फ आपका हाथ मेरी पीठ पर रहना चाहिए।"

"अरे बेटा, मैं तेरे से अलग थोड़े ही हूं। तुझे जब जिस चीज की जरूरत पड़े, सिर्फ खबर कर देना।"

फिर राणा बहादुरसिंह अपने नौकर को आवाज लगाते हैं। उनका नौकर

नहीं है। शायद कहीं गया है। वह खड़े होते हुए जोगिंदर से कहते हैं, नौकर नाहीं है। चलो बेटा, अन्दर ही चला जाए। मछली तल रही है, खाकर जाना।"

जोगिंदर राणा बहादुरसिंह के साथ उनकी ड्योढ़ी के अन्दर घुसा। अचानक आंगन के बरामदे में खड़ी एक अत्यंत खूबसूरत नौजवान लड़की को देख वह भौचक हो उठा। फिर उसे बचपन में अपने साथ खेली, अपने से छोटी राणा बहादुरसिंह की लड़की विमली याद आती है। वह अवाक् होते हुए पूछता है, "विमली है क्या?"

राणा बहादुरसिंह कहते हैं, "हां, विमली ही है। बी० ए० कर गई। निखिल के साथ आई है। वह भी एम० ए० कर गया। अब ये दोनों गांव में ही रहेंगे। यहीं से इसकी शादी कर दी जाएगी और निखिल खेत-बधार देखेगा।"

फिर राणा बहादुरसिंह विमली से कहते हैं, "पहचानती नहीं हो? उत्तरपट्टी के रामजी भैया का लड़का जोगिंदर है।"

अब विमली पहचान लेती है। उसके अधर कुछ-कुछ फैल जाते हैं। बहुत महीन हंसी हंसते हुए वह हाथ जोड़कर जोगिंदर को नमस्कार करती है। इस क्रम में उसकी मछलीनुमा आंखें जोगिंदर की आंखों से मिल जाती हैं। बस, जोगिंदरका होश-हवास ही जैसे गुम हो गया। कुछ क्षणों के लिए जोगिंदर को यह भी मालूम नहीं पड़ा कि उसके पैर के नीचे धरती है या नहीं।

राणा बहादुरसिंह ने जोगिंदर को एक जगह बैठाया। फिर बाते शुरू कर दीं। लेकिन जोगिंदर का मन तो अशांत हो चुका था। विमली का निखरा सौंदर्य और उसके युवा शरीर का मांसल उभार जोगिंदर को बेचैन किए हुए था। विमली अब शादी से पहले तक गांव में ही रहेगी यह बात जोगिंदर के अन्दर जाले बुनने लगती है। यहां एक बार फिर वह अपना राजनीतिक अस्त्र चलाता है, "चाचा, विमली का तो मुझे ख्याल ही नहीं था। अच्छा, अब हाथ से नहीं निकलने दिया जाएगा मेरे दो मित्र हैं—एक रांची में प्रोफेसर तथा दूसरा बोकारो में इञ्जीनियर है। दोनों घर के भी काफी सूखी-सम्पन्न हैं। इनमें से किसी एक से विमली की शादी कर दी जाए।"

"अरे बेटा, यह हो जाएगा तब तो मेरा सारा बोझ ही दूर हो जाएगा।"

राणा बहादुरसिंह शादी से पहले ही आभार प्रकट करने लगते हैं। वह नजर बचाकर विमली को देखता है। विमली भी यह सब सुन रही होती है। उसका चेहरा रक्तिम हो उठा है। बस, जोगिन्दर को साफ लगता है कि उसका राजनीतिक वार सही जगह हुआ है। और अपने राजनीतिक वार के सफल होने का पक्का विश्वास जोगिन्दर के मन में है।

विमली राणा बहादुरसिंह और जोगिन्दर को तली हुई मछली खिलाने लगी। राणा बहादूरसिंह जोगिन्दर की थाली में विमली से जबरन मछली गिरवाते हैं। जोगिन्दर खूब छककर खाता है। खाता है और बातें करता जाता है। वह विधानसभा से लेकर ब्लाक तक की अनेक गुप्त सूचनाएं राणा बहादुरसिंह को देता है। इस बीच नजर बचाकर बराबर ही विमली को देखता जाता है। इसी तरह करीब दो घण्टे बाद वह राणा बहादुरसिंह से विदा लेकर चल पड़ा। उसके साथ घर से बाहर दालान तक राणा बहादुरसिंह भी आए। उसे भर निगाह एक बार फिर विमली को देखने की इच्छा होती है। वह राणा बहादुरसिंह से कहता है, "अरे चाचा, चाची को नहीं देख पाया। कहीं गई हैं क्या?"

"नहीं, धर में हैं, तबीयत खराब है।"

"तब एक मिनट ठहरिए। मैं उनको देखकर आ रहा हूं।" और जोगिन्दर राणा बहादुरसिंह को दालान पर ही छोड़ तेजी से उनके घर के अन्दर घुस जाता है। विमली उसे अकेले आया देख थोड़ा असहज हो उठती है। वह विमली के एकदम करीब चला आता है। फिर कहता है, "विमली! जरा चाची से मुझे मिलाओ। वे बीमार हैं न?'

विमली माथा हिलाकर मां के बीमार होने की सूचना देती है। फिर जोगिन्दर को लेकर उस कमरे में चल देती है, जिसमें मां है। उस कमरे में प्रवेश करते वक्त जोगिन्दर जानबूझकर विमली के शरीर का स्पर्श कर देता है। फिर इस सबसे बिलकुल अनजान बनते हुए जोगिन्दर चाची को देखने-सुनने तथा उनकी बीमारी के बारे में पूछने लगता है। इस बार वह शीघ्र ही वहां से चल देता है। घर से निकलते वक्त एक बार भरपूर नजर विमली पर डालता

है। बाहर आकर राणा बहादुरसिंह से चाचा की बीमारी को ठीक करने के लिए कुछ हिदायतें देता है। फिर वहां से चल देता है।

अब दोपहर ढल चुकी है। जोगिन्दर को झुनिया याद आ गई। झुनिया की कसी हुई देह, उफान खाता यौवन और सलोना रूप पिछले वर्ष भर से जोगिन्दर की आंखों में गड़ रहा है। अपने गांव के हरिहर कहार की इस भोली-भाली लड़की को जोगिन्दर कभी का फांस चुका होता; लेकिन उसे कभी मौका ही हाथ नहीं आया। हरनाम था तो उसके सामने किसीकी दाल गलती ही नहीं थी। हरनाम के जेल चले जाने के बाद राणा बहादुरसिंह ने हथिया लिया था। इस बीच जब कभी मौका निकालकर जोगिन्दर पहुंचता, सोमारू को पहरा देते पाता।

इस समय झुनिया अकेली ही होगी। हरिहर कहीं रस्सी का इंतजाम करने गया होगा। रात में कटनी करते वक्त बोझा बांधने के लिए कटनिहार दिन में ही रस्सी का इन्तजाम कर लेते हैं।

जोगिन्दर तेजी से कहार टोली की ओर झुनिया की मड़ई के पास पहुंच गया। उसका अनुमान गलत निकला। हरिहर पुआल को पानी में भिगोकर अपनी मड़ई में ही रस्सी बना रहा था। खैर...। हरिहर के रहने और न रहने से कोई फर्क नहीं पड़ता है। वह राजनीतिज्ञ है। हरिहर के सामने भी उसकी बात बन सकती है। वह सीधे हरिहर की मड़ई में घुस जाता है। उसे देखते ही हरिहर खटिया से नीचे उतरकर जमीन पर बैठ गया। वह खटिया पर जा बैठा। हरिहर पूछता है, “कहिए बाबू साहब, कैसे आना हुआ?”

”अरे हरिहर भाई, तुम्हारा कुशल-मंगल पूछने चला आया। नहीं तो तुम भी कहोगे कि बाबू साहब सिर्फ चुनाव के दिनों में ही हम लोगों के दरवाजे आते हैं।”

“नहीं, नहीं, बाबू साहब, ऐसी बात नहीं है। आपकी नेकी को कौन भूलेगा? आपकी बदौलत ही तो आज नल का पानी पीने को मिल रहा है अन्यथा हम गरीबों को कौन पूछता?”

“हरिहर भाई, तुम नहीं जानते हो। मैं बराबर गरीबों का ही पक्ष लिया

करता हूं। इसीसे बाहर में लोग मुझे गरीबों का नेता कहते हैं। और खासकर तुम्हारे ऊपर मेरी विशेष दृष्टि रहती है। भूमिहीनों को कुछ जमीन मिलने वाली है। उसमें मैंने सबसे पहला नाम तुम्हारा ही लिखवा दिया है। ब्लाक की ओर से इस गांव के कुछ मजदूरों के मकान बनवाए जाएंगे। उसमें तुम्हारा नाम नहीं था, लेकिन मैंने सबसे ऊपर तुम्हारा नाम ही चढ़वा दिया है।"

हरिहर आश्चर्यचकित, विस्फारित और कृतज्ञ नेत्रों से जोगिन्दर को देखने लगता है। उसकी आंखें छलछला आती हैं। गद्गद कंठ से वह बोलता है, "बाबू साहब,आपकी नेकी का बदला हम गरीबों से किसी जनम में भी नहीं दिया जाएगा।"

"ऐसा मत कहो हरिहर! तुम अपने को गरीब मत कहो। अब और अधिक समय नहीं है। चारों ओर लड़ाई छिड़ गई है। अब गरीबों को जल्द ही असली सुराज मिलेगा। उनके रहने को मकान तथा खेती करने को जमीन सरकार देगी।"

हरिहर जिज्ञासापूर्ण दृष्टि से जोगिन्दर की ओर ताकते हुए उसकी बात सुनता रहा। जोगिन्दर इसी तरह कुछ देर तक हरिहर को स्वप्नों की दुनिया में झुलाता रहा। झुनिया अब तक घर से बाहर नहीं निकली है, यह बात जोगिन्दर को कचोटने लगती है। फिर तत्काल ही उसे एक अच्छी बात सूझती है। वह अपनी जेब से सिगरेट का एक पैकेट निकालता है। हालांकि माचिस भी उसकी जेब में है, लेकिन वह हरिहर से कहता है, "माचिस होगी तुम्हारे पास?"

"हां, अभी मंगवाए देता हूं।" और वह झुनिया को आवाज लगाता है, "झुनिया!"

"रहने दो हरिहर भाई! कुछ कर रही होगी," जोगिन्दर बीच में ही बोल उठता है और खड़ा होते हुए कहता है, "मैं स्वयं ही अन्दर जाकर जला लेता हूं।"

जोगिन्दर तेजी से हरिहर के घर के अन्दर चला जाता है। झुनिया आंगन में बैठी मिट्टी मिले धान को सूप से अलग कर रही थी। जोगिंदर उससे माचिस मांगता है। फिर सिगरेट सुलगाता है। फिर एक सिगरेट झुनिया की ओर भी

बढ़ाता है। झुनिया नहीं लेती है। कहती है, "नहीं बाबू साहब! मैं बीड़ी पीती हूँ।"

"लेकिन मेरे कहने से एक पीकर तो देख।" और जोगिंदर जबरन झनिया के हाथ में सिगरेट पकड़ा देता है। इस क्रम में वह धीरे से झुनिया की हथेली भी दबा देता है। इससे पहले भी जोगिंदर झनिया को कई बार आंखों से इशारा कर चुका है तथा छेड़खानी भी करता रहा है। इसीसे झुनिया के पास उसे भय, शर्म, संकोच और हिचक नाम की कोई भी चीज महसूस नहीं होती है। इधर-उधर चौकन्नी दृष्टि से देखते हुए वह अपनी जेब से दस का एक नोट निकालकर झुनिया की ओर बढ़ा देता है। झुनिया नहीं लेती है। वह आगे बढ़कर झुनिया को दबोच लेता है।

"बाबू यही पर हैं।" भयभीत आवाज में बोलती हुई झुनिया छटपटाते हुए उससे अपने को अलग कर लेती है। वह निराश होकर आ गया।

मड़ई में हरिहर उसी तरह रस्सी बना रहा होता है। एक क्षण के लिए वह हरिहर के पास खड़ा हुआ। फिर अपने घर की ओर चल पड़ा।

अब शाम गहराने लगी है। शीघ्र ही शाम अब रात में बदल जाएगी। फिर सारा गांव रात के अंधकार में छिप जाएगा। लेकिन नहीं। अब हरनाम आ गया है। अब प्रायः हर रात को गांव में कोई न कोई नई घटना घटेगी। लेकिन कौन इसकी चिन्ता करता है तथा घटनाओं को रोकने के लिए रात भर जागकर कौन जोखिमपूर्ण कार्य करता है? सभी पकाने-खाने तथा इतमीनान से गहरी नींद सोने की तैयारियों में मशगूल हो जाते हैं।

रोज की तरह शाम गहराते ही सोमारू झूनिया के घर की ओर चल पड़ा। इस समय झुनिया आंगन में खाना पका रही होगी। सोमारू उसके करीब ही बैठकर बीड़ी सुलगाएगा। एक बीड़ी उसको भी सुलगाकर देगा। और फिर रोज की तरह करीब घण्टे भर तक उसे अपनी बातों में उलझाए रखेगा। अधिकतर उसकी बातें प्यार और प्रेम से सम्बन्धित ही होती हैं। वह अपने तरीके से प्यार और प्रेम को परिभाषित करता है। वह झुनिया के मन तक

यह बात पहुंचा देना चाहता है कि वह झुनिया को सच्चा प्यार करता है। वह चाहता है कि झनिया भी उसके प्यार का जवाब दे। लेकिन झुनिया कोई कदम नहीं उठाती है और आश्चर्य यह कि झुनिया उसका विरोध भी नहीं करती है।

सोमारू को इस बात से खुशी होती है कि उसके आगमन से हरिहर नाराज नहीं होता है। दरअसल, गांव के बाबू लोगों के अपने घर आने से हरिहर मन ही मन जल-भुन जाता है। लेकिन सोमारू के आने से तो उसे खुशी ही होती है। असल में सोमारू उसके अपने वर्ग और अपनी बिरादरी का है। और सोमारू हरिहर के लिए बहुत कुछ करता भी है। कई बार मुसीबत पड़ने पर हरिहर को सोमारू ने ही उबारा था। अपने मां-बाप से तनिक भी कम ख्याल सोमारू हरिहर का नहीं रखता है। इसीलिए हरिहर यह जानते हुए भी कि झुनिया जवान है, सोमारू का अकेले में उसके साथ बैठना-बतियाना ठीक नहीं होगा, वह सोमारू को नहीं रोक पाता है। आखिर क्या करे हरिहर? झनिया के साथ अकेले में बोलने-बतियाने वाले कई लोगों को वह जानता है। लेकिन उन्हें रोकने की शक्ति उसमें नहीं है। तब फिर एक सोमारू के बढ़ जाने से क्या होगा? सोमारू तो कई दृष्टियों से उसका अपना है। हरिहर के मन में कहीं न कहीं यह बात है कि झुनिया को सोमारू को सौंप दे। लेकिन ऐसा कभी हुआ ही नहीं है। गांव की ही लडकी गांव के ही लड़के से...। गांव हंसेगा और थूकेगा। और इसीलिए हरिहर कभी भूलकर भी यह बात अपने होंठों पर नहीं ला पाता है।

सोमारू मड़ई में खटिया पर सोए हरिहर के पास न रुककर सीधे उसके घर के अन्दर चला गया। जैसाकि वह जानता था, झुनिया उसे आंगन में खाना पकाते हुए ही मिलती है। वह झुनिया के करीब ही बैठ गया। इस बार वह झुनिया के काफी करीब बैठा है। झुनिया थोड़ा खिसककर अलग हो जाती है। कहती है, “जरा दूर ही बैठो। बाबू आएंगे तो क्या कहेंगे?”

वह कहता है, “कहेंगे क्या? कुछ नहीं। एक दिन उनके सामने ही तुझको अपने घर ले जाऊंगा।”

“चलो हटो। तुम तो दिन-रात यही बकते रहते हो!” झुनिया झिड़क देती है। झुनिया की यह झिड़की उसे बहुत अच्छी लगती है। वह अपने कमर

के फेंटे से बीड़ी निकालता है। चूल्हे से एक जलती हुई चिनगारी खींचकर एक ही साथ दो बीड़ी मुलगाता है। एक खुद पीने लगता है और एक झुनिया की ओर बढ़ाता है, "मैं अभी भी चुकी हूं।" कहते हुए भुनिया ना-नुकुर करने लगती है। लेकिन वह जबरन दुनिया को बीड़ी थमा देता है। वह चुपचाप पीने लगती है। बीड़ी के दो-चार कश खींचने के बाद सोमारू कहता है, "झुनिया, जानती हो, कल रात से ही मैं गुस्से के मारे जल रहा हूं। अगर मेरा वश चलता तो मैं राणा बहादुर के उस शहरिया छोकरे की एक आंख निकाल लेता।"

"क्यों? उसने तुमसे कुछ कहा क्या?

"अरे, मुझको क्या कहेगा? वह आंख फाड़-फाड़कर तुझको देख रहा था।"

"तो इससे तुमको गुस्सा क्यों आया?"

"तुम नहीं समझोगी झुनिया! भले ही तुम मुझको जो समझो, लेकिन मेरी आंखों के सामने कोई तुझे आंखें फाड़-फाड़कर देखे, यह मैं बर्दाश्त नहीं करूंगा।"

"तो क्या करोगे? घर में उतना अनाज तो नहीं है कि बड़ों की बेटियों की तरह मैं घर में छिपी रहूंगी। रोजी-मजरी के लिए खेत-खलिहान में जाना ही पड़ेगा। फिर तुम किसको रोकोगे? जोगिंदर, हरनाम—तुम किस-किसको रोक सकते हो?

झुनिया की इस बात से सोमारू का माथा झुक जाता है। सचमुच वह किसीको नहीं रोक सकता। वह खून का घूंट पीते हुए माथा ऊपर उठाता हैं। फिर कहता है, "लेकिन झुनिया, मुझसे शादी के लिए तु सिर्फ हां तो कह दे। इसके बाद देख, मैं क्या करता हूं।"

झुनिया हंसने लगती है। हंसते हुए कहती है,"तुम्हारा दिमाग खराब हो गया है। भला गांव में ही शादी होती है! और तुम तो रिश्ते के भाई लगोगे!"

सोमारू गंभीर हो जाता है। कहता है, "झुनिया, आदमी रिश्तों को लेकर जन्म नहीं लेता है। रिश्ते यहां बनाए जाते हैं। क्या हम पति-पत्नी नहीं बन सकते हैं?"

"हटो जी, ऐसी-वैसी बात मत कहो। मुझको शर्म आती है।" और झुनिया आंचल से अपना आधा मुंह ढंक लेती है। झुनिया का यह रूप जानलेवा होता है। सोमारू उसके इस रूप पर कुर्बान हो जाता है। उससे रहा नहीं जाता। वह एक बार फिर गिड़गिड़ाते हुए कहता है, "देख झुनिया, तू सिर्फ हां कह दे। सिर्फ तेरे हां कहने की देर है। फिर तू देखना, कितनी जल्दी इस गांव के जल्लादों से मैं तुझे अलग कर लेता हूं।"

"कैसे अलग कर लोगे?"झुनिया अनजान बनते हुए उससे पूछती है।

वह कहता है, "यहां से लेकर तुमको भाग जाऊंगा।"

"भागकर कहां जाओगे?"

"किसी दूसरे गांव में या शहर में।"

"तो वहां जल्लाद नहीं होंगे?"

"होंगे, लेकिन मैं तुझे घर से बाहर नहीं निकलने दूंगा। मैं खुद कमाऊंगा और हम दोनों खाएंगे।"

इस बार झुनिया फिर हंसती है। कहती है, "तुम बड़े मूर्ख हो। सिर्फ सपने देखा करते हो। मैं कई बार तुमसे कह चुकी हूं कि यह सब सोचकर बेकार में अपना दिमाग मत खपाया करो। लेकिन तुम मानते ही नहीं हो।"

एक क्षण के लिए वह चुप हो जाता है। उसे बीड़ी पीने की तलब महसूस होती है। वह पुनः दो बीड़ी सुलगाता है। इस बार एकदम आसानी से झुनिया उससे बीड़ी लेकर पीने लगती है। उसे झुनिया के इस व्यवहार से काफी बल मिलता है। वह खिसककर झुनिया के एकदम करीब आ जाता है। फिर प्यार से झुनिया की हथेली अपने हाथों में लेने की कोशिश करता है। "बाबू आ जाएंगे।" कहते हुए झुनिया छिटककर उससे दूर हट जाती है। वह खड़ा हो जाता है। काफी समय गुजर गया। अब वह चलेगा। लेकिन चलने से पहले हर बार की तरह इस बार भी सोमारू अपनी कमर में लिपटी धोती के फेंटे से एक पचीसी बीड़ी (पचीस बीड़ियों का एक बण्डल) तथा माचिस की एक डिबिया निकालकर झुनिया के हाथ में थमाने लगता है। झुनिया नहीं लेती है। इनकार करती है, "रहने दो, तुम बराबर यह सब क्यों लाते हो? मैं नहीं लूंगी।"

"सोचता हूं, तुम अब बीड़ी अधिक पीने लगी हो, इसीसे लेता आया हूं।"

"लेकिन मैं नहीं लूंगी।" झुनिया तुनककर अलग हट जाती है।

"देखता हूं, तुम कैसे नहीं लोगी!" और सोमारू आगे बढ़कर झुनिया के आंचल के छोर में जबरन बीड़ी का बण्डल और माचिस की डिबिया बांध देता है। लेकिन सोमारू जब चलने लगता है, तब झुनिया कहती है, "देखो, अब से यह सब मत लाना। नहीं तो पक्की कह रही हूं, अब कभी नहीं लूंगी।"

"ठीक है, मत लेना।" सोमारू कहता है, "मैं आंगन में चल्हे के पास रख दूंगा। जिसे पीने की जरूरत पड़ेगी, उसके काम आएगी।"

सोमारू चला गया और झुनिया सोच में डूब गई। ऐसा हर बार होता है। देर तक बतियाने के बाद जब सोमारू चला जाता है, चूल्हे के पास घंटों गमगीन बैठी झुनिया सोच में डूबी रहती है। यह सोमारू कितना भोला-भाला है और उसे कितना मानता है! लेकिन सोमारू मूर्ख भी तो एक नंबर का है। अब उसके पास क्या रखा है कि सोमारू उसके ऊपर मरता है! उससे अलग वह रहती है, तो सोमारू सब कुछ देख-सुन लेता है। उसे अपनाने के बाद हरनाम, जोगिंदर और इसी तरह के लोगों का उसके पास आना सोमारू कैसे देखेगा? और वे लोग उसकी जवानी रहने तक आएंगे ही। उनको रोकने की शक्ति और क्षमता सोमारू में नहीं है। झुनिया सोचती है कि कल सोमारू को वह डांटेगी। कहेगी, 'यह प्यार-प्यार की बात अब से तुम मुझसे नहीं बतियाना। तुम अलग, मैं अलग। बेकार की बात कर-करके अपना तो दिमाग खराब करते ही हो, मुझे भी सोचते रहने की बीमारी देकर पागल बनाना चाहते हो!'

झुनिया चूल्हे से हंडिया उतार लेती है। भात पक गया है। वह हंडिया के ऊपर ढक्कन रख कटोरे में मांड पसारती है। अब हंडिया के भीतर भात में छिपे आलुओं को ढूंढ-ढूंढकर निकालती है। सभी आलू निकाल चुकने के बाद वह उन्हें छीलकर चोखा बनाने लगती है। थोड़ा नमक-तेल के साथ-साथ चूल्हे में खोंसकर पकाई गई एक सूखी लाल मिरचाई को वह टुकड़े-टुकड़े करके चोखा में डाल देती है। खूब अच्छी तरह चोखा मीसकर स्वाद जानने के लिए

वह एक छोटी-सी गोली अपने मुंह में फेंकती है। उसका मुंह पानी से भर जाता है। वह तेजी से चटखारें लेने लगती है। पिछले कई दिनों के बाद आज इतना बढ़िया चोखा बन पाया है। वह आवाज देकर हरिहर को पुकारती है। दिन भर का भूखा हरिहर आ धमकता है। वह हरिहर के सामने खाना परोस देती है। हरिहर बड़े-बड़े कौर जल्दी-जल्दी निगलने लगता है। वह भी हरिहर की तरह ही जल्दी-जल्दी खाती है। उसे याद है,एक बार हरिहर का दांत दर्द कर रहा था। वह भी हरिहर के साथ-साथ कस्बे के डाक्टर के पास गई थी। डाक्टर ने हरिहर से कहा था कि तुम्हारे दांत बहुत कमजोर हो गए हैं। अब शीघ्र ही टूटेंगे। तुमने अपने दांतों का इस्तेमाल ठीक से नहीं किया है। मुंह में बत्तीस दांत होते हैं। इसीलिए हर कौर को बत्तीस बार चबाकर निगलना चाहिए। लेकिन खाना खाते वक्त डाक्टर की यह बात झुनिया को एकदम फालतू लगती है। दिन भर के भूखे पेट को इतना धैर्य नहीं होता कि चबाने के लिए कौर को देर तक मुंह में छोड़ दे। अपनी आग शांत होने तक पेट ताबरतोर 'कौर' को निगलते जाने के लिए बाध्य किए रहता है। पेट भर जाने के बाद ही मन को शांति मिलती है।

खाना खा चुकने के बाद झुनिया घर और आंगन की सभी चीजें तोपने-ढांकने लगी। इस क्रम में उसे कुछ देर हो गई। इस बीच हरिहर दरवाजे में सो चुका था। वह भी अपने स्थान पर जाकर सो गई।

वह अंदाज लगाती है, बाबू सो चुके हैं। दिन भर के थके और शरीर से बूढ़े हो चले बाबू शाम को शीघ्र ही सो जाते हैं। उसकी भी पलकें झपकने लगती हैं। शाम को खाना खाने के बाद उसे भी नींद जल्द ही आ जाती है। लेकिन आज वह सो नहीं पाती है। जबरन जगी रहती है। उसके मन में सुबह से ही इस बात की आशंका बनी हुई है कि आज रात हरनाम जरूर आएगा। काफी दिनों बाद जेल से छूटकर आया है। पापी जेल से छूटकर आने पर भी अपनी आदत नहीं छोड़ता है। लगता है, इस कसाई से अब जान छूटने को नहीं। फिर सोचती है झुनिया कि नहीं, कसाई सिर्फ यह ही नहीं है, उसके लिए तो इस गांव में अनेक कसाई हैं। एक के जाने के बाद दूसरा तैनात रहता है।

वह अपनी झपक रही पलकों को बंद नहीं होने देती है। जब भी उसकी पलकें मूंदती हैं, उसे लगता है, हरनाम आ गया है और बाबू के सामने ही उसे जगाने लगा है। वह आंखें खोल देती है। सोचती है, जगी रहेगी तो कम से कम बाबू के सामने की बेइज्जती से तो बचेगी। और सचमुच कुछ क्षणों के बाद वही होता है, जिसका उसे भय था। बाहर की दीवार को कांदकर हरनाम आंगन में आ गया। वह चुपके से उठकर आंगन में आ गई। जानती है, नहीं आएगी तो यह हरामी बाबू के सामने से ही उसे खींच ले जाएगा।

झुनिया को उबकाई आने लगती है। हरनाम के मुंह से उठ रही शराब की दुर्गंध उसके नथुनों में भर जाती है। उसका मन कैसा तो हो जाता है। फिर भी वह किसी तरह अपने को नियंत्रित कर आगे बढ़ती है और हरनाम के आने से ही, लाश बन गए अपने शरीर को उसके हवाले कर देती है।

रात अधिया जाने तक हरनाम की भूख मिटती है। साथ ही उसके नशे की खुमारी भी छंट जाती है। वह दीवार फांदकर कहीं चला जाता है। झुनिया अब सहज होती है। वह पूर्ववत् अपनी जगह आकर सो रहती है। सोने से पहले एक बीड़ी सुलगाती है। उसे कुछ-कुछ थकान महसूस होती है। बीड़ी का आखिरी कश लेते-लेते उसकी पलकें ढपने लगती हैं। वह बीड़ी फेंककर करवट बदल लेती है। सोचती है, एक-दो घंटा आराम कर ले, क्योंकि रोज की तरह रात के अंतिम पहर में कटनी के लिए बाबू जगाएंगे ही।

जिस तरह हरनाम के आने की खबर सुबह के तड़के ही पूरे गांव में फैल गई थी, उसी तरह आज दूसरी सुबह सनसनी की तरह यह खबर पूरे गांव में दौड़ गई है कि रात में राणा बहादुरसिंह के खलिहान से गेहूं के पचास बोझे गायब हो गए। भैयाजी के दालान पर, सावजी की मड़ई पर, बरगद के नीचे, दुसाध टोली के पीपल के पास मुख्य रूप से इसी विषय की चर्चा शुरू हो गई थी। कुछ मनचले टाइप के लोग राणा बहादुरसिंह के खलिहान का मुआयना करने के लिए भी निकल गए हैं। गांव की प्रायः सभी बैठकों पर इस विषय को भुनाया जा रहा है। लोग अपने-अपने विचार और अपने-अपने ढंग से अपनी

प्रतिक्रिया व्यक्त कर रहे हैं। चूंकि हरनाम के आने के बाद यह घटना घटी है। इसीलिए बहुत लोगों के विचार एक-दूसरे से मिलते हैं। लेकिन जोगिंदर का विचार इन लोगों से बिल्कुल अलग है। सावजी की मड़ई पर कुछ लोगों के बीच अपनी प्रतिक्रिया व्यक्त करते हुए जोगिंदर कहता है, "यह हरनाम को बदनाम करने की चाल है। इस गांव में चोर, डाक और बदमाश बहुत भर गए हैं। वे छुपे रुस्तम रहकर दूसरों के माये शिकार खेलना चाहते हैं। अब जबकि हरनाम आ गया है, इन्होंने चोरी-बदनामी शुरू कर दी है। वे जानते हैं, गांव में कहीं भी चोरी होगी, कोई चोरी करेगा, नाम हरनाम का होगा।"

जोगिंदर की इस प्रतिक्रिया का सावजी की मड़ई पर कोई विरोध नहीं करता है। दरअसल, सावजी की मड़ई पर बैठने वाले अधिकांश लोग हरनाम के एजेण्ट ही होते हैं। हरनाम की भी बैठक अक्सर सावजी की मड़ई पर ही लगती है। लोग चुपचाप जोगिंदर की बात पर हामी भर देते हैं। वहां से उठकर जोगिंदर सीधे भैयाजी के दालान पर आता है। भैयाजी के दालान पर कुछ क्षणों तक लोगों की बातें सुनने के बाद वह कहता है, "हर गांव की यही स्थिति है। चोरी, बदमाशी और जाल-फरेबी अब पहले से बहुत अधिक बढ़ गई है। इसी से चुनाव के समय में सतर्क हो जाने की आवश्यकता है। अपने क्षेत्र से किस व्यक्ति को विजयी बनाया जाए, यह समझना बहुत जरूरी है..." और जोगिंदर लगे हाथों अपने भावी एम० एल० ए० का प्रचार शुरू कर देता है।

भैयाजी के दालान पर कुछ क्षणों तक अपना प्रचार-भाषण देने के बाद जोगिंदर दुसाध टोली के पीपल के पास आ गया। डोम, चमार, दुसाध और इसी तरह की छोटी जातियों के लोग यहां बैठे हैं। जोगिंदर को देखते ही सब उसके करीब आ गए। जोगिंदर चेतावनी देते हुए कहता है, "देखना, इस सबके बारे में तुम लोग कहीं कुछ न बोलना। अब यह गांव एकदम बदल गया है। गरीब की इज्जत समझने वाला कोई नहीं है। भैयाजी के दालान पर तुम लोगों में से कई आदमियों का नाम लिया जा रहा था। लेकिन मैंने डांट दिया।"

वे सब हाथ जोड़कर जोगिंदर के पैर पर गिर जाते हैं। वह कहता है,

"इतमीनान से रहो। मेरे रहते तुम लोगों का कुछ नहीं होगा।" वे सब गदगद हो जाते हैं। अब जोगिंदर वहां से चल देता है। हालांकि यहां से राणा बहादुरसिंह के घर जाने की उसने योजना बनाई थी। लेकिन उसके कदम अपने घर जाने वाली गली में मुड़ गए। वह सोचता है, इस समय राणा बहादुरसिंह के पास कई लोग जुटे होंगे। उसका जाना ठीक नहीं रहेगा। दोपहर को वे अकेले होंगे। तब उसका जाना अच्छा रहेगा।

दोपहर तक का समय जोगिंदर बड़ी मुश्किल से काटता है। इस समय राणा बहादुरसिंह के घर जाना उसके लिए कई दृष्टियों से महत्त्वपूर्ण है। अब राणा बहादुरसिंह से उसे सिर्फ आर्थिक सुविधाएं ही नहीं मिलेंगी, अब विमली भी आ गई है...! इस बार वह विमली से कैसे निबटेगा, सोचने लगता है। विमली से अपने घनिष्ठ सम्बन्ध की शुरुआत वह कहां से करे, उसे कुछ भी समझ में नहीं आ रहा है। असल में किसी लड़की से सम्बन्ध बनाने के लिए देर तक प्रयत्न करना तथा प्रेम-जाल बिछाना उसे आता ही नहीं है। वह तत्कालिक इच्छापूर्ति में विश्वास रखता है। झुनिया की तरह किसी भी लड़की से मिलते ही उसपर अपना अधिकार जमा लेना ही वह अपनी मर्दानगी समझता है!

दुपहरिया गुजरने से पहले ही जोगिंदर राणा बहादुरसिंह के घर की ओर बढ़ा। जैसाकि उसने अंदाज लगाया था, राणा बहादुरसिंह उसे एकांत में ही मिले। चोरी के कारण आए सहानुभूति दिखाने वाले लोग जा चके थे। राणा बहादुरसिंह जोगिंदर को लेकर सीधे डयोढ़ी के अन्दर चले गए। फिर ओसारे के पलंग पर इतमीनान से उसके साथ बैठ गए। इससे पहले कि बातचीत शुरू हो, जोगिंदर राणा बहादुरसिंह की नजर बचाकर आंगन और ओसारे में हर जगह विमली को ढूंढ़ता है। विमली उसे कहीं नजर नहीं आती और न कोई अन्य ही। अब वह बातचीत शुरू करता है, "चाचा, यह काम साला हरनाम का है। उसके आते ही मुझे लगा था कि अब कोई न कोई खुराफात जरूर होगी। देखिए, इस बार कसकर उसका जवाब देना है , नहीं तो उसका मन बढ़ जाएगा। आपको कुछ नहीं करना है। सिर्फ तैनात रहना है। सब मैं देख लूंगा। आखिर किस दिन के लिए मैं राजनीति करता हूं?"

राणा बहादुरसिंह जोगिंदर की बात से बहुत खुश हो उठते हैं। थोड़ा और खिसककर उसके करीब आ बैठते हैं, "बेटा, तुम मेरा दायां हाथ हो। तुम्हारे बल पर ही तो हरनाम से समर छेड़ता हूं, नहीं तो इस लुच्चे-लफंगे से लगने पर इज्जत की बर्बादी ही है।"

"नहीं चाचा, इज्जत की बर्बादी कुछ नहीं है। जल्दी-जल्दी जेल से छूट आने के कारण इस साले का दिमाग सातवें आसमान पर चढ़ गया है। अबकी बार अगर इस साले को 'काला पानी' की सजा न दिलवा दी तो फिर मेरा नाम जोगिंदर नहीं।" यह कहते हुए जोगिंदर थोड़ा तनकर बैठ गया। इस समय राणा बहादुरसिंह को वह अपना परम आत्मीय नजर आ रहा था। वे आवाज लगाते हैं, "विमली...ओ विमली!"

छत वाली कोठरी से बहुत महीन आवाज आती है, "जी?"

"अरे नीचे आओ, देखो, जोगिंदर आया है। इसे कुछ खिलाओगी-पिलाओगी नहीं?"

विमली फुर्ती से नीचे उतर आती है। बस, जोगिंदर को यही चाहिए। वह विमली को देखता रहेगा। उसका खाना-पीना सब पूरा हो जाएगा। उसके लिए यह एक सुखद संयोग ही है कि ऐन विमली के छत से नीचे उतरते ही दालान से राणा बहादुरसिंह की बुलाहट आ जाती है। शायद कोई उनसे मिलने आया है। वे बाहर चले गए। अब जोगिंदर अकेला बचता है। जानता है, विमली की मां (उसके राजनीतिक संबंधों की चाची) सर्दी-बुखार से कमरे में बेखबर सोई होंगी। वह विमली से पूछता है, "निखिल कहां है?"

"छत पर सोए हैं।" विमली कहती है और स्टोव जलाकर जोगिंदर के लिए हलवा बनाने लगती है।

जोगिंदर कहता है, "अरे, यह सब हलवा वैगरह क्यों बना रही हो? मैं कोई मेहमान थोड़े ही हूँ। ऐसे ही अगर हो सके तो चाय बना दो।"

विमली मुस्कराते हुए कहती है, "चाय नाश्ते के बाद ही पी जाती है।"

जोगिंदर बात आगे बढ़ाने के लिए कहता है, "लेकिन यह शहर का नियम है। हम गांव वाले कभी भी चाय पी लेते हैं।"

एक क्षण को विमली चुप रहती है। फिर कहती है, "अब शहर बहुत तेजी से गांवों की ओर पसरने लगा है।" इस बार विमली के अधर कुछ ज्यादा ही फैल जाते हैं। जोगिंदर भी हंस पड़ता है। लेकिन अंदर ही अंदर जोगिंदर को एक झटका लगता है। कुछ ही साल शहर में रहने के बाद यह लड़की कितनी खुल चुकी है!

"यहां तो मन नहीं लग रहा होगा?" जोगिंदर पूछता है।

"हां, शरू-शुरू में कुछ उखडा-उखड़ा लग रहा है। लेकिन धीरे-धीरे सब एडजस्ट कर लूंगी। आखिर रहना तो यहीं है। फिलहाल मन लगाने के लिए कुछ उपन्यास लेती आई हूं।"

"अच्छा, तो उपन्यास वगैरह पढ़ने में रुचि रखती हो?"

वह सिर हिलाकर 'हां' की सूचना देती है। बस, जोगिंदर अपने राजनीतिक झोले से 'सिर्फ वयस्कों के लिए' वाली मुहर लगी एक किताब उसकी ओर बढ़ा देता है। वह किताब को लेकर उलट-पलटकर देखती है। फिर जबरन अपनी हंसी को रोकते हुए वह किताब जोगिंदर को लौटा देती है। कहती है, "इस किताब को तो मैं दो साल पहले ही पढ़ चुकी हूं।"

विमली की यह बात सुनते ही जोगिंदर को मन ही मन एक जबर्दस्त सदमा पहुंचता है। उसके ख्याल चूर-चूर हो जाते हैं। विमली को उसने जितनी भोली समझने की कोशिश की थी, वह उसकी भूल थी। विमली बहत तेज-तर्रार लड़की है। खैर...। इससे कोई फर्क पड़ने को नहीं। वह विमली से भी अधिक पढ़ी-लिखी और तेज-तर्रार लड़कियों से निबट चुका है। हां, इस तरह की लड़कियों में समय बहुत अधिक लगता है।

इससे पहले कि जोगिंदर कोई और रास्ता अख्तियार करे, दालान से राणा बहादुरसिंह आ गए। इस बीच विमली भी हलवा बना चुकी थी। वह अपने पिता और जोगिंदर को हलवे की प्लेट थमाती है। ठीक इसी समय छत से निखिल भी नीचे उतर आया। जोगिंदर किसी पूर्व परिचित दोस्त की तरह निखिल से हाथ मिलाता है। वैसे जोगिंदर उम्र में निखिल से एक-दो साल बड़ा जरूर है, लेकिन देखने-सुनने में निखिल ही उससे बड़ा और उम्रदार लगता है।

विमली निखिल को भी नाश्ता देती है। लेकिन निखिल नाश्ता नहीं करता। हां, अपने पिता और जोगिंदर को वह चाय का साथ दे देता है।

गांव आने के कुछ समय बाद ही निखिल गांव की रंगीनियों और गांव की राजनीति में रुचि लेने लगा। असल में, अब उसे स्थायी रूप से यहीं रहना है तथा खेती-गृहस्थी का सब कारोबार संभालना है। पिताजी की उम्र अब ढल चुकी है। उनकी जिन्दगी में ही उसे सब कुछ देख-समझ लेना चाहिए। और निखिल अपने इस दायित्व के प्रति काफी हद तक सचेत भी है। वह जब से गांव आया है, खेती-गृहस्थी सम्बन्धी तमाम समस्याओं को काफी गहराई से समझ रहा है। पिताजी को इन समस्याओं से वह बिल्कुल मुक्त कर देना चाहता है। अब पिताजी की उदासी और परेशानी उससे देखते नहीं बनती है। खलिहान से गेहूं चोरी हो जाने के कारण उसके पिताजी बहुत उदास हो गए थे। उनकी यह उदासी उसे बुरी तरह कचोटने लगी थी। उससे रहा नहीं गया था। एक शाम उसने पिताजी से कहा, "पिताजी, आप इतने उदास क्यों हैं? देखिए, खेतीबारी सम्बन्धी किसी भी समस्या के बारे में अब आपको नहीं सोचना है, अब आप चुपचाप आराम कीजिए। सब मैं संभालूंगा। हो सकता है, नया होने के कारण शुरू-शुरू में मुझे कुछ कठिनाइयों का सामना करना पड़े। लेकिन इससे क्या? कठिनाइयों के बाद ही तो रास्ता मिलता है।"

राणा बहादुरसिंह उस समय कोई जवाब नहीं दे पाए थे। परन्तु मन ही मन अपने बेटे की गर्वोक्ति पर उन्हें आन्तरिक संतोष ही मिला था। लेकिन उसी समय एक जटिल सवाल बना एक व्यक्ति उनके मानस में कौंधने लगा। और वह सवालनुमा आदमी हरनाम था। उन्होंने सोचा, कि यह हरनाम जब तक इस गांव में रहेगा, उनका लड़का शांति से खेती गृहस्थी नहीं करवा पाएगा। किन्तु निखिल की सोच उनसे बिल्कुल भिन्न है। गांव में पन्द्रह दिन गुजरते-गुजरते ही उसे सब कुछ एकदम सहज और आसान लगने लगा है। कहीं कोई उलझन और गुत्थी नजर नहीं आई है। उसे अपने पिताजी पर हंसी आ रही है। आखिर जहां सब कुछ इतनी सहजता से हो जाने लायक हो, वहां

झूठमूठ में बेकार का झगड़ा-तकरार मोल लेने से क्या फायदा?।

एक दोपहर को निखिल झुनिया के घर की ओर चल पड़ा। हालांकि इससे पहले वह कई दफा झुनिया के घर तथा उसके आसपास के लोगों का मुआयना कर चुका है। पहली भेंट के बाद से ही झुनिया उसकी आंखों में गड़ गई है। झुनिया का सलोना रूप और गठीला बदन देख वह अन्दर ही अन्दर मचलने लगा है। रूप का सलोनापन और बदन का कसाव बहुत कम ही लड़कियों में पाया जाता है। लेकिन झुनिया इन दोनों आकर्षणों का बेमिसाल नमूना है।

झुनिया के घर के पास पहुंचने पर निखिल आश्वस्त हो गया कि वह सही समय पर पहुंचा है। दरअसल, यहां आने से पहले निखिल यह अच्छी तरह पता लगा चुका था कि हरिहर की अनुपस्थिति का समय कब-कब होता है।

अन्दर से भिड़के झुनिया के घर के दरवाजे पर निखिल हाथ की थाप लगाता है।

"कौन?" कटनी वाली झुनिया की वही मादक आवाज उसके कानों में गूंज उठती है।

"मैं हूं।" निखिल सहमते हुए बोलता है।

"मैं कौन?" शायद झुनिया को आवाज पहचान में नहीं आई है।

"खोलकर देखो।" निखिल अपनी आवाज को और साफ करता है।

झुनिया ने दरवाजा खोल दिया। अपने सामने निखिल को पा वह हक्का-बक्का रह गई। फिर जल्दी ही अपने पर काबू पा ली उसने। उसे याद आता है, पहली दफा राणा बहादुरसिंह भी उसके यहां आए थे, तो वह इसी तरह हक्का-बक्का हो गई थी।

"कुछ काम है?" झुनिया पूछती है।

"हां, काम तो जरूर है। लेकिन सोचा कि काम के साथ-साथ जरा तुम्हारे घर को भी देख लूं।"

"आप! ...आपने मेरा घर नहीं देखा था? आप तो यहीं जन्मे-पले हैं।"

"बचपन में देखा होगा। याद नहीं। हां, अब देखूंगा।" और निखिल थोड़ा तनकर खड़ा होते हुए अपनी बेशर्म निगाहों से झुनिया को घूरने लगा।

पर यह झुनिया के लिए कोई नई बात नहीं है। इस तरह की बेशर्म आंखों का सामना करते-करते वह अभ्यस्त हो गई है। हां, उसे निखिल के व्यवहार से राणा बहादुरसिंह की याद आ जाती है। राणा बहादुरसिंह की आंखें भी निखिल की तरह ही हैं और इसी तरह बेशर्मी से वह भी उसे टोका करते थे।

"बैठने को नहीं कहोगी क्या?' निखिल अपनी बात को बदलता है।

"अच्छा, अब तक तुम खड़े हो, बैठो-बैठो!" झुनिया निखिल को 'आप' नहीं कहकर 'तुम' ही कहती है। असल में, वह किसीको 'आप' नहीं कहती, उसे 'आप' कहना आता ही नहीं है। वह राणा बहादुरसिंह और अपने बाबू को तुम ही कहती है। साथ ही हरनाम और सोमारू को भी।

निखिल कोने में रखी खटिया को थोड़ा और आगे खींचकर बैठ गया। फिर खूबसूरत जूते और मोजे में बंधे अपने पांवों को उसने आराम की स्थिति में आगे फैला दिया।

"कहो, क्या काम है?" झुनिया फिर पूछती है।

"क्यों, बैठने नहीं दोगी क्या? अपना घर नहीं दिखाओगी? अरे, कुछ खिलाओ-पिलाओ।" निखिल एकदम बेझिझक हो उठता है। निखिल की इस बेझिझकता पर अवाक् हो वह निखिल को देखने लगती है। निखिल फिर कहता है, "क्यों, नहीं खिलाओगी? ...अच्छा। कुछ खिलाने लायक नहीं है। तो लो..." निखिल अपनी जेब से दस का एक नोट बढ़ाते हुए कहता है, "बगल के रामरतन साव की दुकान से एक किलो पेड़ा ले आओ। सुनने में आया है, आजकल वह पेड़ा भी बेचने लगा है।"

झुनिया उसके हाथ से नोट नहीं लेती है। बुत की तरह चुपचाप खड़ी रहती है। वह फिर कहता है, 'लो, सोच क्या रही हो? जल्दी लाओ!"

अबकी बार झुनिया उसके हाथ से नोट ले लेती है और दरवाजे से बाहर निकल जाती है। दरवाजे से बाहर निकलकर वह दरवाजा खींचकर भिड़का देती है। दरअसल, आस-पास के लोगों की नजरों में अब वह तनिक भी बेदाग नहीं रह गई है। लेकिन इसके लिए उसका कसूर ही क्या है? वह कर ही क्या सकती है? वह जानती है, उसकी बिरादरी की कोई भी लड़की इस गांव में बेदाग नहीं

बची है। लेकिन हां, वे सब उसकी तरह बदनाम नहीं हुई हैं। उनकी मां हैं। भाई हैं। वे बहुत हद तक सुरक्षित हैं। उनके अनुपात में वह एक दम असुरक्षित है। वह जानबूझकर बाब से कुछ भी नहीं कह पाती है। असहाय बाबू उसकी कोई भी रक्षा नहीं कर पाएंगे, उलटे उसकी परेशानियां और बढ़ जाएंगी।

वह सोचती है, अगर बाबू आ जाएंगे तो निखिल को देखकर क्या कहेंगे? वह तेजी से सावजी की दुकान की ओर बढ़ जाती है, ताकि पेड़ा लेकर शीघ्र वापस लौट जाए और 'क्या काम है?' पूछकर निखिल को जल्द ही विदा कर दे।

इधर निखिल उसके चले जाने के बाद मन ही मन मुस्कराता है। चलो, शुरुआत बहुत अच्छी हुई। शुरू में ही मुंह मीठा कर लेगी तो फिर कभी झिकझिक नहीं करेगी।

निखिल धीरे से उठकर दरवाजे से बाहर हो गया। फिर बाहर होकर दरवाजा उसी तरह भिड़काकर वह तेज कदमों से अपने घर की ओर चल पड़ा। सोचता है, झनिया पेड़ा लेकर आएगी, तो उसे न पाकर चौंक उठेगी। फिर बाहर-भीतर हर जगह ढूंढ़ेगी। सोचेगी, कहां चला गया? क्यों चला गया? शाम तक उसीके बारे में सोचती रहेगी। फिर रात में पेड़ा खाना शुरू कर देगी। निखिल सोचता है कि अगली बार झुनिया से मिलते ही सबसे पहले वह यही कहेगा, 'झुनिया, उस रोज अजब हो गया। जिस समय तुम बाहर निकलीं, उसी समय मेरा नौकर मुझे खोजते खोजते आ गया। घर पर एक बहुत जरूरी काम था। बस, मैं चला गया। सोचा, चाहे मैं खाऊं या तुम, कोई फर्क पड़ने का नहीं।'

निखिल घर पहुंचकर सीधा छत पर चला गया। फिर अपने कमरे में जाकर बिस्तरे पर लेट गया। सोचने लगा, अब झुनिया शीघ्र ही हाथ में आ जाएगी। उसे खुशी होती है, गांव में सब कुछ कितना सहज और आसान होता है!

वह एक सिगरेट सुलगाकर बैठ जाता है। सिगरेट के आखिरी कश के साथ ही हरनाम की आकृति उसके दिमाग में उभर आती है। वह सोचता है, इस हरनाम नामक व्यक्ति से वह कैसे निपटे? उसे लगता है, इस व्यक्ति को ठीक कर लेने के बाद ही वह इस गांव में निष्कंटक राज कर सकता है। वह अपने माथे पर जोर देता है, नहीं, झगड़ा-तकरार से यह निपटारा नहीं होने

का। चोर-डाकू के रूप में हरनाम बदनाम हो चुका है। उसने जिन्दगी भर यही सब कुछ सीखा है। इस रास्ते उससे पार नहीं पाया जा सकता।

अचानक निखिल को एक अच्छी बात सूझती है। वह सोचता है, गरीब घर का हरनाम आखिर रुपये-पैसे के लिए ही तो यह सब कुछ कर रहा है। क्यों न कुछ ले-देकर समूची खेती-बारी का मैनेजर उसे ही बना दिया जाए। इससे बहुत फायदे होंगे। उसके परिवार से दुश्मनी तो खत्म हो ही जाएगी। साथ ही हरनाम के नाम पर उसकी फसल बर्बाद करने वाले चोरों की दाल भी न गलेगी। यही होगा न कि हरनाम को कुछ देना पड़ेगा। तो उससे क्या? उससे अधिक तो बर्बाद हो जाता है।

लेकिन पुनः एक सवाल खड़ा हो गया निखिल के सामने : क्या हरनाम यह स्वीकार करेगा? क्या अपनी पिछली घटनाओं को वह भूल जाएगा? फिर निखिल की ओर से ही जवाब मिलता है, 'हां, ऐसा हो सकता है। दुश्मनी उसकी पिताजी से है, उससे नहीं। वह उसके लिए तो नया है। हो सकता है, उसकी बात को वह भी नये सिरे से ले।'

रात को खाना खाते वक्त मां, पिताजी और विमली के सामने निखिल यह प्रस्ताव रखता है। शुरू-शुरू में राणा बहादुरसिंह को यह बात ही कुछ अजीब लगती है। लेकिन शीघ्र ही उन्हें यह बात जंच जाती है। वे कहते हैं, "अगर ऐसा हो सके तब तो बहुत ठीक है।"

विमली निखिल की इस उक्ति की भूरि-भूरि प्रशंसा करती है। वह मन ही मन भैया की इस तेज बुद्धि पर गौरवान्वित हो उठती है। उससे रहा नहीं जाता। कहती है, "जितनी जल्दी हो सके, यह कर लो भैया। इससे सारा झगड़ा ही निपट जाएगा, और इससे फायदे भी बहुत हैं।"

निखिल के इस प्रस्ताव पर मां भी अपना समर्थन देती है। वह बागबाग हो जाता है। उसे विश्वास था, इस प्रस्ताव को सब पसंद करेंगे। रात को सोते वक्त वह सोचता है, अगली सुबह हरनाम से उसे मिलना है।

निश्चित होकर सोने के कारण सुबह काफी देर बाद निखिल की नींद

खुली। वह अपने शहरी जीवन की ही भांति यहां भी बिस्तर छोड़ने से पहले ही चाय पीता है। चाय पीने के बाद गुसलखाने जाता है। फिर हाथ-मुंह धोता है। फिर लगे हाथों तत्काल स्नान भी कर लेता है। अब नाश्ते पर बैठता है। नाश्ता करते वक्त ही वह सोचता है, हरनाम के पास दुपहरिया में जाना ही ठीक रहेगा। ठीक उसी समय, जिस समय वह झुनिया के पास गया था। ऐसे वार्तालापों के लिए एकांत का होना नितांत आवश्यक है।

नाश्ता करके निखिल छत पर आ गया। अपने बिछावन पर आराम से लेटते हुए उसने रेडियो खोला। फिल्मी गाने शुरू हो गए। आज इतवार है। विमली पहले से ही रेडियो सीलोन पर लगाकर छोड़ चुकी है। शीघ्र ही फिल्मी गानों के सहारे उसे झुनिया याद आ जाती है। बदन का कसाव और चेहरे का लावण्य! वह बेचैन हो उठता है। फिर अपने और झुनिया को लेकर दिवा-स्वप्नों में खो जाता है।

करीब साढ़े दस के आसपास निखिल को कार के हार्न की आवाज सुनाई पड़ी। कमरे से बाहर निकलकर उसने नीचे की सड़क पर झांका। वहां खड़ी कार उसे जानी-पहचानी लगी। फिर कार में बैठा उसे अपना दोस्त प्रकाश नजर आ गया। वह छत से ही चिल्ला पड़ा, "हैल्लो प्रकाश!"

कार से बाहर निकलकर प्रकाश ने भी उसे देखा और हंसकर बोला, "हैल्लो!"

वह तेजी से सीढ़ियां उतरते हुए बाहर आ गया और प्रकाश से गले मिला। प्रकाश को साथ लिए वह घर के अन्दर आ गया। विमली प्रकाश को देखते ही मचल उठी। आगे बढ़कर प्रकाश के हाथ से उसने बैग ले लिया। निखिल जानता है, विमली उसकी तरह प्रकाश को भी अपना भाई ही समझती है और प्रकाश उसे अपनी बहन ही जानता है। लेकिन यहां निखिल अंधकार में है। विमली और प्रकाश के आपसी संबंध कुछ और ही हैं। शायद उन्हीं संबंधों को लेकर प्रकाश यहां आया है। पर पता नहीं, वह यहां एडजस्ट कर पाएगा भी या नहीं। वह पटना के कई कारखानों के मालिक का लड़का है। उसके रहन-सहन और खान-पान की व्यवस्था एकदम उच्चस्तरीय है। यहां

के वातावरण को कुछ घंटे भी वह झेल पाएगा, यह असम्भव ही लगता है।

निखिल प्रकाश का परिचय अपने मां-बाप से कराता है। विमली प्रकाश के लिए जल्दी ही कुछ बनाने हेतु स्टोव जलाने लगी। प्रकाश विमली को रोक देता है। कुछ बनाने नहीं देता। वह अपने साथ ढेर सारे फल और मिठाइयां लेता आया है। वह गाड़ी के अन्दर से फल और मिठाइयों की टोकरी मंगवा लेता है।

टोकरी का मुंह खुलते ही विमली को अपने और प्रकाश के संबंध बुरी तरह याद आने लगते हैं। वह देखती है, प्रकाश अधिकांश फल और मिठाइयां वही लेकर आया है, जो विमली को पसंद हैं। मन ही मन विमली को दुःख होता है कि इतनी जल्दी उसकी पढ़ाई खत्म हो गई। एक क्षण के लिए अपने सुखद अतीत को याद कर वह आहे भर उठती है।

निखिल प्रकाश को ऊपर छत पर ले जाता है। छत पर से ही वह सारा गांव प्रकाश को दिखाता है। फिर छत पर से ही अपने प्रसिद्ध 'बावन बिगहवा' खेत की ओर भी उंगली से इशारा करके उसे बताता है। इसके बाद कमरे में उसे अपने पास बैठाकर घंटों गप्पें लड़ाता है। फिर दिन का खाना वे सब साथ ही खाते हैं। लेकिन प्रकाश को यह सब अच्छा नहीं लगता। वह विमली से एकांत में मिलना चाहता है। पर उसे लगता है कि यहां उस तरह का माहौल ही नहीं है। यहां वह चाहकर भी विमली से नहीं मिल सकता। हार-थककर वह खाना खाते वक्त ही सबों के सामने विमली से पूछता है, "यहां मन लग रहा है?"

"अरे... यहां मन क्यों नहीं लगेगा! यही तो जन्मभूमि है।" विमली तपाक से बोल उठती है। प्रकाश को महसूस होता है कि विमली राणा बहादुरसिंह और निखिल के पास होने के कारण ही ऐसा कहती है। अगर एकांत में होती, तो वह ऐसा कभी नहीं कहती। विमली की वह बात प्रकाश के कान में अभी तक गूंज रही है। शहर छोड़ते वक्त विमली रोते हुए प्रकाश से चिपट गई थी और बोली थी, 'तुम्हारे पास से गांव जाने का मन तनिक भी नहीं कर रहा है।'

अब प्रकाश को एक क्षण के लिए भी यहां बर्दाश्त नहीं हो पाता है।

कुछ ही क्षणों में वह यह जान गया है कि यहां विमली से एकांत में भेंट होने की सम्भावना नहीं है। वह मन ही मन कोई योजना बनाने लगता है। हठात् उसके दिमाग में एक अच्छी बात आती है। इस समय उसके शहर में रेमन सर्कस आया है। क्यों न इसी बहाने आज निखिल और विमली को वह अपने साथ शहर लेता जाए। हालांकि निखिल के साथ होने से विमली से वह पूरी तरह नहीं मिल पाएगा, फिर भी निखिल की नजर से बचकर वह विमली का थोड़ा-बहुत सान्निध्य तो प्राप्त कर ही लेगा। बस, उसी समय खाना समाप्त होते वक्त प्रकाश अपना यह प्रस्ताव रखता है। निखिल खुशी के मारे उछल पड़ा। विमली भी अपनी खशी छिपा नहीं पाई। वह प्रकाश का मंतव्य समझ गई थी।

शाम होने से पहले ही निखिल और विमली प्रकाश की गाड़ी में बैठकर उसके साथ शहर चल पड़े। प्रकाश राणा बहादुरसिंह को यह आश्वासन देता है कि कल निखिल और विमली को छोड़ने के लिए वह यहां तक पुनः आएगा।

गाड़ी चल पड़ी। शीघ्र ही गांव पीछे छट गया है। लेकिन कच्ची सड़क अभी समाप्त नहीं हुई थी। यह कच्ची सड़क हसन बाजार कस्बे तक जाती है। फिर वहां पक्की सड़क में मिल जाती है। इसके बाद सीधे आरा। फिर पटना।

कच्ची सड़क बहुत ऊबड़-खाबड़ है। गाड़ी हिचकोले खाती हुई आगे बढ़ती है। अचानक गाड़ी एक जगह रुक गई। प्रकाश नीचे उतरकर गाड़ी को चेक करने लगा। उसे अपनी भूल पर पछतावा होता है। वह ड्राइवरों से पूछे बगैर गाड़ी ले आया है। यह गाड़ी ठीक नहीं है। निखिल और विमली भी नीचे उतर आते हैं। प्रकाश, निखिल के साथ गाड़ी को ठेलने लगता है। बिना ठेले अब गाड़ी नहीं चलेगी। लेकिन आगे काफी ऊंचाई पर गाड़ी को चढ़ना है। प्रकाश और निखिल थक जाते हैं। गाड़ी ऊंचाई पर नहीं चढ़ पाती है। हारकर वे किसी यात्री की प्रतीक्षा करते हैं। पीछे, गांव के करीब, सड़क पर तेजी से आता उन्हें कोई दिखाई पड़ता है। वे उसका इन्तजार करने लगते हैं।

अब शाम गहरा चली है। वह आने वाला धीरे-धीरे करीब आता जाता

है। फिर एकदम करीब आ जाता है। निखिल उसे पहचान जाता है। वह हरनाम है। निखिल कहता है, "हरनाम भैया, नमस्ते।"

"नमस्ते!" हरनाम के तेजी से बढ़ते कदम रुक जाते हैं। फिर वह निखिल को पहचानते हुए कहता है, "अच्छा...निखिल... तुम!"

निखिल को महसूस होता है कि हरनाम आश्चर्य में पड़ गया है। दरअसल, हरनाम को स्वप्न में भी इस बात का विश्वास नहीं था कि निखिल उसे नमस्ते करेगा।

"नमस्ते हरनाम भैया!" अब विमली भी बोलती है। हरनाम मुड़कर विमली को देखता है। वह उसे पहचान नहीं पाता। निखिल कहता है, "यह विमली है—मेरी छोटी बहन।"

"अच्छा, विमली!" हरनाम का मुंह खुला का खुला रह जाता है। यह सब कैसे हो रहा है, हरनाम एकदम अचंभित हो उठता है। वह कुछ भी नहीं बोलता। चुपचाप खड़ा रहता है। निखिल कहता है, "भैया, जरा गाडी में धक्का दो न!"

हरनाम धक्का लगाने लगता है। निखिल और प्रकाश भी उसके साथ लग जाते हैं। गाड़ी ऊंचाई पर चढ़ जाती है। फिर आगे ढलान की ओर बढ़ती है। अब गाड़ी स्टार्ट हो जाती है। प्रकाश, विमली और निखिल गाड़ी में बैठ गए। निखिल हरनाम से पूछता है, "भैया, तुमको भी तो आगे चलना है?"

"हां"

"कहां तक चलोगे?"

"आरा तक।"

"तब आओ, तुम भी बैठ जाओ। आरा उतर जाना। हम लोगों को पटना तक जाना है।"

हरनाम आकर गाड़ी में बैठ गया। उसे यह सब कुछ अजीब आकस्मिक रूप से घटता हुआ लगा। कहीं यह कोई षड्यंत्र और चाल तो नहीं?

वह पूरी तरह चौकन्ना हो जाता है। फिर भी विमली का गदराया सौंदर्य उसे अपनी ओर आकर्षित किए बगैर नहीं रह पाता है।

गाड़ी कच्ची सड़क पार कर पक्की सड़क पकड़ लेती है। अब सब राहत की सांस लेते हैं। संतोष की सांस लेते हुए निखिल हरनाम से कहता है, "भैया, मैं तुमसे मिलने ही वाला था।"

विमली भी इधर ही मुखातिब हो जाती है। वह जान जाती है, निखिल क्या कहेगा।

"मुझसे कुछ काम है क्या?"हरनाम पूछता है।

"हां, भैया! बहुत सारा काम है। ...पिताजी अब बूढ़े हो चले हैं। मुझको खेती-बारी के मामले में कुछ आता-जाता नहीं है। सब तुमको ही संभालना है।"

हरनाम भौचक हो निखिल की ओर ताकने लगता है। उसे अपने कानों पर विश्वास ही नहीं होता।

"हां, भैया! अब हम लोगों ने यही तय किया है। सब तुमको ही संभालना होगा।" विमली बोलती है।

हरनाम विमली की ओर ताकता है। विमली की आंखों में उसे आमंत्रण स्पष्ट रूप से नजर आता है। यह उसके जीवन की पहली घटना है, जब अत्यन्त खूबसूरत, काफी पढ़ी-लिखी, बड़ी-बड़ी आंखों बाली कोई लड़की उसे ऐसा आमंत्रण दे रही हो। वह अन्दर से डोल जाता है। कुछ भी बोल नहीं पाता।

धीरे-धीरे निखिल उसे सब बात बताने लगता है। निखिल बड़े कायदे से हरनाम को यह बता देता है कि गांव के ढेर सारे चोर उसीके नाम पर उसकी फसल बर्बाद करते हैं तथा आपस में उन दोनों में झगड़ा करा देते हैं। अब उनकी दाल नहीं गलने पाएगी। निखिल हरनाम को सब समझाता है। वह बहुत मुलायम तरीके से हरनाम से यह भी कह देता है कि उसे जब जिस चीज की जितनी भी ज़रूरत हो, उसके घर आकर ले जाए।

निखिल आरा आते-आते हरनाम को अच्छी तरह अपनी बात समझा चुका है; ऐसा उसे स्वत: अनुभव होता है। हालांकि हरनाम ने अब तक कोई जवाब नहीं दिया है। वह निखिल की बात चुपचाप सुनता आया है। आरा आने पर वह उतर जाता है। निखिल और विमली उसे बारी-बारी से नमस्कार करते हैं। वह विमली की ओर देखता है। फिर गाड़ी चल पड़ती है। लेकिन विमली

को लगता है कि हरनाम वहीं खड़ा होकर उसे देख रहा है और तब तक देखेगा, जब तक गाड़ी उसकी आंखों से ओझल नहीं हो जाएगी।

पटना से लौटने पर विमली काफी थक गई थी। वह रात भर सो नहीं पाई थी। सर्कस देखते तथा प्रकाश से बातें करने में उसकी सारी रात यों ही गुजर गई थी। उसकी आंखें उनींदी थीं। उससे अब एक क्षण भी नहीं रहा गया। वह छत वाली कोठरी में जाकर सो गई। नींद आने से पहले वह एक बार हल्के से मुस्कराई। उसे प्रकाश की एक बात याद आ गई थी। प्रकाश ने उससे कहा था कि अब प्रायः हर महीने ही निखिल के साथ सर्कस या सिनेमा देखने के बहाने उसे एक रात के लिए अपने यहां बुलाएगा।

बिमली काफी देर तक सोती रही। सारी दुपहरिया उसने नींद में ही गुजार दी। उसकी नींद शाम के वक्त खुली। वह उठकर बिछावन पर बैठ गई। उसकी बगल वाली चारपाई पर निखिल भी एकदम बेखबर सोया था। वह उठकर कमरे से बाहर आ गई। छत पर टहलने लगी। अचानक उसे नीचे सड़क पर हरनाम दिखाई दिया। उसने मुस्कराते हुए हाथ जोड़कर हरनाम को नमस्कार किया। हरनाम ने हाथ उठाकर उसके नमस्कार को स्वीकार किया और वहीं खड़ा निर्निमेष दृष्टि से उसे देखता रहा। वह देर तक छत पर ठहर नहीं सकी। नीचे उतर आई।

हरनाम बेचैन है। जब से उसने विमली के गदराए सौंदर्य को देखा है तथा उसकी आंखों में अपने लिए आमंत्रण महसूस किया है तब से उसे चैन नहीं है। वह घूमते-घूमते इस ओर आ गया था। लेकिन यहां भी विमली का अलसाया रूप, नमस्कार की मुद्रा में जड़े दोनों कोमल हाथ तथा मधुर मुस्कान से उसकी बेचैनी और बढ़ जाती है। असल में लड़कियां हरनाम की सबसे बड़ी कमजोरी हैं। अगर किसी लड़की को हरनाम ने अपनी औरत बना लिया होता, तब संभवत: उसकी यह कमजोरी उसके व्यक्तित्व पर हावी नहीं होती। लेकिन हरनाम ने ऐसा नहीं किया। इसीलिए दो-दो बार उसकी गिरफ्तारियां लड़कियों के साथ रमण की स्थिति में ही हुई। झुनिया से ही नहीं, बल्कि उसकी

तरह की गांव की कई गरीब लड़कियों से वह सम्बन्धित है, यह बात समूचा गांव जानता है।

लेकिन विमली की तरह रूपवान, नौजवान तथा पढ़ी-लिखी लड़की उसके जीवन में नहीं आई थी। इसीलिए विमली के प्रथम दर्शन ने ही उसके अन्तर में हाहाकार मचा दी है। विमली के इस दूसरे दर्शन और मुस्कान ने तो उसे मतिविहीन कर दिया है। वह आज अपने को नहीं रोक पाया। पिछले कई दिनों के बाद आज वह पूनः सियाराम पासी की मड़ई की ओर चल पड़ा। सियाराम पासी ताड़ी बेचता है। लेकिन लुका-छिपाकर दो-चार बोतल दारू भी रखता है—हरनाम जैसे लोगों के लिए।

हरनाम ने पांच रुपये का नोट सियाराम पासी की ओर बढ़ाया। पांच का नोट देखकर ही सियाराम पासी समझ गया, आज फरमाइश ताड़ी की नहीं, दारू की है। वह एक बोतल दारू तथा भुना हुआ चना लाकर हरनाम के सामने रख गया। हरनाम जी भरकर पीता है। खूब छककर। नशा जब रंग लाता है, उसे विमली बुरी तरह याद आने लगती है। विमली की आंखों के आमंत्रण का एहसास पूरे व्यक्तित्व को झनझना देता है। वह बिना कुछ सोचे ही विमली के घर की ओर चल देता है।

हरनाम को निखिल दरवाजे पर ही मिलता है। निखिल हरनाम को देखते ही नमस्ते कर उसे दालान में ले जाकर बैठाता है। फिर जाकर घर में सूचना देता है। राणा बहादुरसिंह निखिल के साथ ही दालान में आते हैं। हरनाम राणा बहादुरसिंह को देखते ही प्रणाम करता है। ऐसा पहली बार हुआ है। राणा बहादुरसिंह अवाक् रह जाते हैं। अपने बेटे की बुद्धि-विलक्षणता पर उन्हें मन ही मन अपार गर्व होता है।

हरनाम नशे की स्थिति में ही बकना शुरू करता है, "चाचाजी, अब हमलोगों की दुश्मनी समाप्त हुई। निखिल ने हमें मिला दिया। अब खेतीबारी का सारा काम मैं संभालूंगा। देखूंगा, कौन अनाज की एक बाल भी छूता है। मुझे सिर्फ पचीस मन अनाज दे दीजिएगा। मेरी मां के लिए वर्ष भर का खर्च हो जाएगा। बस, मुझे और कुछ नहीं चाहिए।"

"अरे बेटा, तुम्हारे लिए मैं कब किस चीज को छिपाता हूं? जब जिस चीज की जरूरत पड़े, ले जाना। यह अपना घर ही समझना।" राणा बहादुरसिंह की सारी समस्या और चिंता ही दूर हो जाती है।

निखिल यह सब सुनकर बाग-बाग हो गया। वह हरनाम को घर के अन्दर ले गया। हरनाम निखिल की मां को 'प्रणाम चाची' कहता है। फिर उसकी प्यासी आंखें विमली को ढूंढ़ने लगती हैं। विमली ओसारे में रखे पलंग के पाए से सटकर खड़ी है। हरनाम की आंखें जल्द ही उसे ढूंढ़ लेती हैं। वह विमली के करीब चला जाता है। कहता है, "विमली, तूने मुझे बुलाया था न, ले अब आ गया।"

विमली हंस पड़ती है। विमली की हंसी जानलेवा होती है। उसका नशा और बढ़ गया। वह पास ही की चारपाई पर बैठ गया। निखिल उसे कुछ खिलाना-पिलाना चाहता है, लेकिन वह कुछ भी नहीं खाता। विमली भी उसे खिलाने के लिए जोर देने लगती है। तब वह विमली से कहता है, "आज बहुत कुछ खाकर आया हूं। कल से खिलाना। अब तो यहीं खाना ही है।"

काफी देर तक वहां रहने के बाद हरनाम अपने घर की ओर चल पड़ा। रात काफी गहरा गई है। लेकिन हरनाम को इसकी कोई चिंता नहीं। उसे अपनी आंखों के सामने सिर्फ विमली ही नजर आ रही है। विमली की दुनिया में खोया वह अपने घर पहुंच गया।

लोग कहते हैं, दीवारों के कान होते हैं, यह बात बिल्कुल सच है। सुबह-सवेरे ही यह चर्चा पूरे दमखम के साथ गांव भर में जोर पकड़ चुकी थी कि राणा बहादुरसिंह और हरनाम में सांठ-गांठ हो गई है। यह चर्चा जोगिंदर को अपने किसी प्रिय के शोक-संदेश की भांति प्रतीत होती है। वह तिलमिला उठता है। आखिर ऐसा कैसे हो गया? ऐसा कभी नहीं होना चाहिए। वह इस चर्चा की प्रामाणिकता की जांच के लिए निकल पड़ा। इधर निखिल एकदम चिंतारहित, बिल्कुल निश्चित होकर झुनिया से मिलने की योजना बनाने लगा था। सुबह के आठ बजे हैं। सोचता है, यह समय उपयुक्त नहीं है। दुपहरिया में मिलना ही ठीक होगा। वह विचार करता है कि आज के बाद वह झुनिया के घर दुपहरिया में न जाकर रात में ही जाएगा। या फिर झुनिया को ही अपने

दालान या खलिहान में बुला लेगा। लेकिन क्या वह आएगी? एक सवाल खड़ा हो जाता है निखिल के सामने। फिर निखिल को इस सवाल का जवाब भी मिल जाता है। हां, वह जरूर आएगी। क्यों नहीं आएगी? अब तो 'बावन बिगहवा' और हरनाम दोनों उसके पास हैं। उसे आना ही है।

उसी दिन की भांति दुपहरिया होते ही निखिल झुनिया के घर की ओर चल पड़ा। आज पुनः उसका अंदाज सही साबित होता है। मड़ई खाली है। हरिहर नहीं है। कहीं गया है। और उसके घर का दरवाज़ा अन्दर से उसी तरह भिड़का है। वह दरवाजे पर पहले दिन की तरह ही हाथ की थाप लगाता है। अन्दर से कोई आवाज नहीं आती है। पुनः दूसरी बार थाप लगाता है। इस बार झुनिया दरवाजा खोलती है, "अरे, तुम! मैं तो समझ रही थी कि बाबू हैं।"

"क्यों, बाबू के सिवाय किसी और को घर आने देने का विचार नहीं है क्या?"

"नहीं, मैं तो ऐसे ही कह रही थी।" और झुनिया किनारे खिसक गई। निखिल अन्दर आ गया। एक क्षण को चुप रहने के बाद झुनिया ने पूछा, "अच्छा, उस दिन तुम कहां चले गए थे?"

"मेरा नौकर मुझे खोजते हुए आ गया था। घर पर एक बहुत जरूरी काम था। सोचा, मैं खाऊं या तुम, कोई फर्क पड़ने का नहीं।"

"लेकिन मैंने उसे खाया नहीं है, तुम्हारे लिए रखा है।"

"अरे भला खाने वाली चीज को भी संजोकर रखी जाती है! अब तक तुम्हें खा लेना चाहिए था। खैर...अब खा लेना।"

दोनों कुछ पल के लिए मौन हो गए। कोई एक-दूसरे से कुछ नहीं बोला। फिर शुरुआत पुनः झुनिया ही करती है, "तुमने अपना काम नहीं बताया।"

"अच्छा!...हां...आज उसी काम के लिए तो आया हूं। वो जो बूढ़ी-बूढ़ी दाई है न मेरे घर वो बिदेसी की मां...उससे अब अच्छा काम नहीं हो पाता है। मैं चाहता हूं कि तुम ही अब मेरे घर का काम किया करो।"

"नहीं, मुझे एकदम फुर्सत नहीं है। कटनी से लेकर रोपनी तक तो बझी

रहती हैं। इसपर भी तो अपने घर की रसोई बनानी ही पड़ती है। बाबू अक्सर बीमार रहते हैं। उनकी सेवा भी तो करनी है।"

"क्या हो गया है बाबू को? उनका इलाज क्यों नहीं कराती? किसी अच्छे डाक्टर से उनको दिखाओ?"

"हम गरीबों के पास कहां पैसे हैं कि डाक्टर के पास जाएं? डाक्टर तो तुम्हारे जैसे राजा लोगों के लिए होते हैं!"

"ले, बाबू को किसी डाक्टर गे दिखाना।" और निखिल दस-दस के चार नोट झुनिया की ओर बढ़ाता है। झुनिया पीछे हट जाती है। नहीं लेती है। निखिल आगे बढ़कर जबरन उसकी मुट्ठी में नोट ठेस देता है। झुनिया जानती है, वह नोट ले या नहीं ले, यह अपना मंतव्य पूरा करेगा ही। हो सकता है, नोट नहीं लेने पर वह रंज भी हो जाए, फिर रंज होकर बहुत कुछ कर सकता है। उसके बूढ़े बाबू को परेशान भी। और झुनिया कटकर रह जाती है, क्योंकि वह दुनिया का हर अत्याचार सह सकती है, लेकिन अपने बाबू की परेशानी नहीं सह सकती।

झुनिया को नोट सौंप चुकने के बाद निखिल इतमीनान से वहीं खटिया पर बैठ गया। फिर मुस्कराते हुए बोला, "तुम मुझे बहुत अच्छी लगती हो।"

झुनिया कांप जाती है। लेकिन इसलिए नहीं कि निखिल का इरादा अब बदल रहा है, बल्कि इसलिए कि पहली दफा राणा बहादुरसिंह ने भी बिल्कुल इसी तरह कहा था। झुनिया को यह देखकर अचरज की सीमा नहीं रहती है कि निखिल ठीक राणा बहादुरसिंह की तरह ही खटिया से उठकर सबसे पहले उसका हाथ पकड़ता है। फिर उसे अपने सोने में दबोचने लगता है। वह छिटककर अलग हो जाती है। कहती है, "बाबूआ रहे होंगे। यही उनके आने का समय है।"

"तो ठीक है, मैं जा रहा हूं। लेकिन आज नहीं। दो-चार दिन बाद आकर खबर दंगा तब रात को मेरे खलिहान या दालान में दो-चार घंटे के लिए आना होगा।"

वह चला जाता है। झुनिया कोई जवाब नहीं दे पाती है। आखिर झुनिया

क्या जवाब दे? उसे कुछ भी समझ में नहीं आता है। लोग तो यही न कहेंगे कि उसे अपना व्यवहार तीखा बना लेना चाहिए, किसीको भी अपने पास नहीं फटकने देना चाहिए, इस तरह के किसी भी प्रस्ताव पर 'ना' कह देना चाहिए; लेकिन यह झुनिया ही जानती है कि 'ना' कहने के पीछे कितनी शक्ति की जरूरत होती है। उसके पास किसी भी तरह की शक्ति नहीं है। वह एकदम शक्तिहीन है। फिर वह 'ना' कैसे कहे? 'ना' कहना और 'ना' करना दो बिल्कुल अलग-अलग बातें हैं। वह 'ना' कहकर ही क्या कर सकती है, जब कि 'ना' करने से किसीको रोक नहीं सकती?

छोटी-बड़ी घटनाएं घटती रहती हैं। काम भी नये-पुराने होते रहते हैं। कभी-कभी कोई घटना विशिष्टता का रूप लेकर गांव में चर्चाओं का विषय भी बन जाती है। लेकिन समय की रफ्तार पर इस सबका कोई प्रभाव नहीं पड़ता। अपनी तेज रफ्तार के साथ समय निरंतर गुजरता रहता है। झुनिया देखती रहती है, उसकी आंखों के सामने से एक लम्बा समय उसके गांव से होकर गुजर गया है।

इस बीच गांव के नक्शे और आकृति पर कई चीजें बनती-बिगड़ती हैं। बदलाव का एक भरपूर चक्र पूरी तरह गांव को अपनी गिरफ्त में ले चुका होता है। हरनाम अब पहले का हरनाम नहीं रह गया है। राणा बहादुरसिंह का पालतू कुत्ता हो गया है। उनके एक इशारे पर इधर-उधर दौड़ता है।

लेकिन दबी जुबान गांव के लोग कहते हैं कि वह सब विमली के चलते ही हो रहा है। विमली और हरनाम के आपसी संबंध एकदम गहरा गए हैं। गांव की हर बैठकों की फुसफुसाहट तथा गांव के हर युवकों की धीमी आवाज में विमली और हरनाम के किस्से होते हैं। कई बार, कई लोगों ने विमली और हरनाम को रंगे हाथों देख भी लिया है। लेकिन देखकर भी लोग चुप रह गए हैं। बड़ों की बात है। कौन झगड़ा मोल ले? विमली तो अक्सर ही शहर सामान खरीदने या बीमारी का बहाना बनाकर हरनाम के साथ ही आती-जाती है। हरनाम का पौरुष एकदम गिर गया है। अब गांव में उससे कोई नहीं डरता।

छ इस बीच जोगिन्दर की राजनीति ने भी गुल खिला दिया है। पूरे गांव में वह पूजनीय हो गया है। अब राणा बहादुरसिंह से किसी भी स्तर में वह कम नहीं रहा है। उसके दुमहले मकान के ऊपर भी एक कोठरी बननी शुरू हो गई है। शायद वह अब उसी में हवा खाएगा।

इधर राणा बहादुरसिंह एकदम बूढ़े हो गए हैं। लेकिन निखिल ने 'बावन बिगहवा' से वह सब कुछ करके दिखा दिया है, जिसे जिंदगी भर राणा बहादुरसिंह नहीं कर पाए थे। अपने पुराने मकान को बिल्कुल तोड़कर निखिल ने आधुनिक ढंग से नया मकान बनवाया है। एक ट्रैक्टर ले लिया है। एक जीप गाड़ी भी तथा बन्दुक और रिवाल्वर साथ-साथ पास करवाया है। वह गांव में रौब से घूमता है। उसकी आन और रौब में कोई आंच नहीं आई है। गांव का कोई भी आदमी उसका प्रतिद्वंद्वी बनने की कोशिश नहीं करता है। लेकिन झुनिया के लिए यह कसाई साबित हुआ है। झुनिया को पूरी तरह बर्बाद कर दिया है उसने। राणा बहादुरसिंह आते थे, तो शौक से, कभी-कभार। हरनाम आता था, तो नशे में। लेकिन इसने तो उसके ऊपर अपना जन्मसिद्ध अधिकार समझ लिया है। झुनिया को इस बात का गहरा दुःख है कि इस अत्याचारी के कुकर्मों को उसके बाबू ने भी भांप लिया है।

झुनिया को लगता है कि इस बीच एकमात्र सोमारू ही है जो तनिक भी नहीं बदला है। वैसे बाहरी और भीतरी रूप से वह भी बिल्कुल बदल गया है। लेकिन झुनिया के प्रति उसके मन की चाह नहीं बदली है। झुनिया को ममत्व-भरी दृष्टि से देखने वाली उसकी निगाह नहीं बदली है।

सोमारू अब किसीसे डरता नहीं है। वह अकड़कर रहता है। मेहनत-मजूरी करके कमाता है। किसीके सामने हाथ पसारने और गिड़गिड़ाने वाली बात उसे पसन्द नहीं। कम मजूरी मिलने के कारण वह कई बार हरनाम से टकरा गया है। उसे इस गांव में अपने सिर्फ तीन ही शत्रु नजर आते हैं—निखिल, जोगिंदर और हरनाम। वह इन तीनों से घृणा करने लगा है। इन लोगों की सूरत देखने की भी उसे इच्छा नहीं होती है। साधनहीन वह गरीबी की चक्की में पिस रहा है, अन्यथा इन लोगों को मजा चखाता। फिर भी वह वक्त और अवसर की तलाश में है। अनुकूल स्थिति आते ही वह इन लोगों

को कभी नहीं छोड़ेगा।

और झुनिया जब इन सब लोगों से हटकर खुद अपने बारे में सोचती है, तो उसे लगता है कि वह भी बहुत कुछ बदल गई है। वैसे सोमारू के प्रति उसके मन में थोड़ी-बहुत कमजोरी तो बहुत पहले ही से थी, लेकिन अब सोमारू के लिए वह एकदम बेचैन रहने लगी है। जिस शाम सोमारू उसके घर नहीं आता है, उस रात नींद भी उसकी आंखों से जुदा हो जाती है। लेकिन विडंबना यह कि सोमारू के प्रति इतनी चाह होते हुए भी वह अपने को सोमारू को सौंप नहीं पाती है। उसे लगता है कि उसका शरीर घृणित हो चुका है। सोमारू का स्थान उसके मन में है। वह अपने इस घृणित शरीर से सोमारू का रिश्ता जोड़ना नहीं चाहती है। लेकिन यह सवाल बराबर उसके सामने खड़ा हो जाता है कि क्या सोमारू उसके इस मन की बात को समझ पाएगा? नहीं, वह इसे बिल्कुल नहीं समझ पाएगा। उसके लिए मन और तन के अलग-अलग का रिश्ता भी पहेली है। उसे तो तन और मन से परिपूर्ण अपनी झुनिया चाहिए। पूर्ण झुनिया। लेकिन अधूरी झुनिया पूर्ण कैसे हो सकती है? वह सोमारू को कैसे बताए कि यह जानते हुए कि खाना जूठा और बासी है, अपने प्रिय के सामने परोसना कितना कष्टदायक होता है? मगर यह सोमारू भी एकदम देवता है। इस सबका ख्याल नहीं करता। झुनिया को कभी दोषी नहीं समझता। यह जानते हुए कि झुनिया का चेहरा दागों से भरा है, वह बराबर झुनिया को बेदाग ही समझता है। काश, इस सोमारू के लिए झुनिया ने कुछ किया होता! झुनिया सोमारू की याद में डूब जाती है।

अब अक्सर ही ऐसा होने लगा है। शाम होते ही सोमारू की याद झुनिया को धर-दबोचती है। फिर सोमारू जब तक आ नहीं जाता, तब तक चूल्हे के पास बैठी वह उसकी बाट जोहती रहती है।

हरिहर कहीं से आता है। आकर ओसारे में चारपाई पर बैठ जाता है। अब हरिहर की वृद्धावस्था भी आखिरी मंजिल पर आ गई है। उससे अब पहले जैसा काम भी नहीं हो पाता है। फिर भी लगा रहता है। उसके दांत आधे से अधिक टूट गए हैं, आंखों की रोशनी भी बहुत कुछ चली गई है। वह बैठते ही

झुनिया से कहता है, "बेटी, एक गिलास पानी पिलाओ।"

झुनिया उसे पानी देती है। वह पानी पीकर शांत हो जाता है। फिर कहता है, "राणा बहादुरसिंह की लड़की की शादी तय हो गई। बड़ी जल्दी, इसी हफ्ते बारात आएगी। सुना है, किसी बहुत बड़े शहर में शादी कर रहे हैं...पचास हजार तिलक दे रहे हैं। खूब धूम-धाम से शादी होगी।"

झुनिया कोई जवाब नहीं देती है। कहीं बहुत दूर से आती हुई बाबू की इस आवाज में उसे दर्द ही दर्द मिलता है। वह जानती है, इस गांव में जब भी किसी लड़की की शादी होती है, बाबू छटपटा जाते हैं। उनकी आवाज दर्दीली हो उठती है। झुनिया की शादी वे नहीं कर पाए, इसका गम अपने लड़के की मृत्यु से भी उन्हें ज्यादा है। वे अक्सर ही झुनिया की शादी की चिंता से ग्रस्त रहते हैं। झुनिया को इस बात का पूरा विश्वास है कि उम्र और समय ने बाबू को उतना नहीं तोड़ा है, जितना उसकी शादी की चिता ने। हालांकि झुनिया ने बाबू से कई बार कहा है, 'बाबू, तुम मेरी शादी की बेकार की चिता किया करते हो। मुझे शादी-वादी नहीं करनी है।' लेकिन उसकी इस बचकानी बात ने हरिहर की चिंता दूर नहीं की है।

हरिहर फिर कहता है, "अब जमाना एकदम बदल गया है। किसी की इज्जत कोई देखने वाला नहीं है। धन-दौलत के बल पर लोग मनमानी करने लगे हैं। आज निखिल ने सोमारू को पीटा है..."

"आंय...क्या...सोमारू को..." झुनिया बीच ही में बाबू को रोक देती है।

"हां, सोमारू को।"

क्यों?"

"निखिल कह रहा था कि शादी भर उसे उसके यहां रहना होगा, सब काम-धंधा करने के लिए। पर सोमारू तैयार नहीं हुआ। बस, इसीलिए।"

"बस, इसीलिए?" झुनिया माथा पीटकर रह जाती है। एक क्षण मौन रहने के बाद फिर पूछती है, "बहुत मार पड़ी है?"

"नहीं, मार बहत नहीं पड़ी है। लेकिन दस आदमी के बीच में जतों से मारना..."

झुनिया अन्दर ही अन्दर कांप उठती है। गुस्से के मारे वह तिलमिला जाती है। दांत किटकिटाते हुए खून का घूंट पीकर रह जाती है। काश, अगर उसका वश चलता तो वह सोमारू का बदला इसी समय निखिल से लेती!

काफी रात बीत जाने पर भी सोमारू नहीं आया। बाबू सो गए हैं। झुनिया को बाबू की बातें मथ रही हैं। उससे अब तनिक भी रहा नहीं जाता है। वह धीरे से किवाड़ खोलकर बाहर आ जाती है। फिर पूर्ववत् किवाड़ भिड़काकर चल देती है। गली में दबे पांव चलते हुए वह सोमारू की मड़ई के पास पहुंच जाती है। वहां वह मड़ई के आगे नहीं रुक पाती। मड़ई के पिछवाड़े जाकर खड़ी होती है। सोचती है, सोमारू को कैसे बुलाए। उसके मां-बाप उसके साथ होंगे। वे क्या सोचेंगे? नहीं, वह उन लोगों के सामने नहीं बुलाएगी। तो फिर कैसे बुलाएगी? और इसी उधेड़बुन में पड़ी वह वहीं चुपचाप खड़ी रहती है। उसे कुछ भी समझ में नहीं आता। उसके माथे के ऊपर से रात सरकती जाती है। अचानक उसका दिमाग साथ दे देता है। वह सोचती है, सोमारू के मां-बाप सो गए होंगे। लेकिन सोमारू आज सोया नहीं होगा। आज वह बुरी तरह अपमानित हुआ है। नींद उसे आएगी भी कैसे?

बस, यही सोचकर झुनिया अपने हाथ हिलाकर चूड़ियां खनका देती है। फिर चुपचाप मड़ई के अगवासे की ओर देखने लगती है। मड़ई के अन्दर से कोई निकलता है। वह आकृति से ही पहचान जाती है—सोमारू है। सोमारू मड़ई के बाहर एक क्षण तक खड़ा रहने के बाद फिर अन्दर जाने लगता है। वह इसी समय पुनः तेजी से अपनी चूड़ियां खनकाती है। सोमारू रुक जाता है। मुड़कर मड़ई के पिछवाड़े देखता है। कोई खड़ा है। दूर से पहचान नहीं पाता। करीब बढ़ जाता है। "अरे! झुनिया! तुम?" वह चौंक उठता है।

"हां।" झुनिया अपनी निगाहें उसके चेहरे पर जमा देती हैं। वह झुनिया की आंखों में आंखें डालकर देखता है। झुनिया की आंखें आज उसे बड़ी प्यारी और शीतल लगती हैं। उसके हर्ष का कोई ठिकाना नहीं रहता। ऐसा आज पहली बार हुआ है, जब झनिया उससे मिलने उसके घर आई है। खुशी के मारे उसके मुंह से बोल भी नहीं फूटते हैं। कुछ मिनट बाद झुनिया ही बोलती है,

"निखिल ने तुम्हें मारा है न?"

"जाने दो, उस अत्याचारी का नाम न लो।"

"काफी मार पड़ी है?"

"नहीं, मार नहीं पड़ी है। हां, साले अत्याचारी ने खूब बेइज्जत किया है।"

झुनिया की निगाहें झुक जाती हैं और उसकी आंखें नम हो जाती हैं। सोमारू यह सह नहीं पाता। वह तत्काल विषय ही बदल देता है, "अरे, तुम यहां खड़ी हो! चलो, अन्दर चलो।"

"नहीं, काका क्या कहेंगे? अब मैं घर लौट जाती हैं। सिर्फ तुम्हें देखने ही आई थी। देख लिया।...हां, आज शाम को तुम आए क्यों नहीं?"

"ऐसे ही नहीं आया। मन उखड़ा-उखड़ा था।"

"तो क्या सिर्फ ठीक रहने पर ही आओगे?"

"अरे, नहीं..." और आगे बढ़कर सोमारू झुनिया का हाथ अपने हाथ में ले लेता है, "अच्छा, अब ऐसा कभी नहीं होगा..."

झुनिया अन्य दिनों की भांति अपना हाथ सोमारू के हाथ से नहीं खींचती है। देर तक वे दोनों ऐसे ही खड़े रहते हैं। फिर झुनिया कहती है, "अब मैं जा रही हूँ।"

"अरे, ऐसा कैसे होगा, चलो मैं तुझे तेरे घर तक छोड़ आऊंगा।" और सोमारू झुनिया का हाथ पकड़े उसे लेकर उसके घर की ओर चल देता है। वहां पहंचकर सोमारू बाहर से भिड़के झनिया के घर के दरवाजे को खोलता है। फिर अत्यन्त धीमी आवाज में कहता है, "अन्दर चली जाओ।"

"नहीं, पहले तुम यहां से जाओ, तब मैं अन्दर जाऊंगी।"

"तो ठीक है, देखता हूं, पहले कौन जाता है।" और सोमारू भी चुपचाप वहीं खड़ा रहता है। वे देर तक यों ही खड़े रहते हैं। ठीक उसी तरह, जिस तरह सोमारू की मड़ई के पिछवाड़े खड़े थे। फिर सोमारू कहता है, "अच्छा, तेरी ही विजय, पहले मैं ही जाता हूं।"

सोमारू चल देता है। झुनिया उसे अपलक निहारती रहती है। सोमारू

मुड़-मुड़कर देखता जाता है कि झुनिया अभी गई है कि नहीं। लेकिन झुनिया अभी नहीं गई है। वह जाते हुए सोमारू को भर नजर देखती रहती है। पर जब सोमारू एक गली से मुड़कर आंखों से ओझल हो जाता है, तो उसका मन कैसा तो हो जाता है। उससे अब वहां एक क्षण भी खड़ा नहीं रहा जाता। वह अन्दर चली जाती है तथा भीतर से दरवाजे को भिड़काकर कुण्डी चढ़ा देती है।

विमली को गए लगभग एक महीना हो गया। उसकी बारात खूब धूम-धाम के साथ आई थी। गांव के बड़े बुजुर्ग कहते हैं कि इस तरह की बारात इलाके में पहले कभी नहीं आई। लौटती बारात के साथ ही विमली का दूल्हा विमली को भी लेता गया था। अब विमली वहीं है—अपनी ससुराल में। शायद इसीलिए हरनाम अब उखड़ा-उखड़ा रहने लगा है। चोर, बदमाश और कामुक व्यक्ति का कोई भरोसा नहीं। जब तक मकसद सधता है, तब तक साथ रहते हैं। स्वार्थ में थोड़ी-सी बाधा पड़ने पर फनफना उठते हैं। एकदम अलग हट जाते हैं। हरनाम भी कुछ इसी तरह का रुख अख्तियार कर लेता है। अब वह सिर्फ नाश्ते और खाने के वक्त ही राणा बहादुरसिंह के घर जाता है। जिस तरह पहले चौबीसों घंटे उनके घर रहता था, उस तरह नहीं रह पाता है। खेती-बारी के उनके कारोबार को भी वह अब ढीले नजरिये से ही देखता है। राणा बहादुरसिंह की ढेर सारी बातें भी वह अनसुनी कर देता है।

जेठ की दुपहरिया लहलहा रही है। इसी लहलहाती दुपहरिया में हरनाम गांव से बाहर, टीका बाबा के बगीचे की ओर चल देता है। वह झुनिया के घर से आ रहा है। झुनिया घर पर नहीं है। वहां उसे पता चला है कि वह बाबू की दवा खरीदने बाजार गई है। अब शीघ्र ही लौटेगी। बाजार से गांव आने का रास्ता टीका बाबा के बगीचे से होकर ही आता है। इसीलिए हरनाम टीका बाबा के बगीचे में जा रहा है।

टीका बाबा जब तक जिन्दा थे, इस बगीचे में किसीको घुसने नहीं देते थे। उनके मरते ही यह बगीचा लावारिस हो गया है। पूरे पांच बिगहे में लगाया गया टीका बाबा का यह सघन बगीचा, अब कई कुकर्मों का साथी हो

गया है। इलाके भर के चोर रात में चोरी करके इसी बगीचे में हिस्सा बांटते हैं। इस रास्ते से गुजरने वाले कई राही इस बगीचे में लूटेपीटे गए हैं तथा दो-चार की हत्याएं भी हुई हैं। हरनाम आज इसी बगीचे में झुनिया से मिलने जा रहा है।

हरनाम को बगीचे में बैठकर बहुत देर तक झुनिया की प्रतीक्षा नहीं करनी पड़ी। झुनिया शीघ्र ही आ गई। धूप से उसका चेहरा लाल हो गया है। वह हरनाम को नहीं देख पाती है। बगीचे में घुसकर कुछ आगे बढ़ जाती है। फिर एक घने वृक्ष के नीचे सुस्ताने की नीयत से बैठ जाती है।

पास ही के एक वृक्ष के नीचे बैठा हरनाम उठकर झुनिया के पास आ गया। झुनिया उसे देखकर तिलमिला उठी। उसका मन कड़वा हो उठा है। हरनाम के मुंह से निकलने वाली शराब की दुर्गन्ध पहले की तरह ही झुनिया को उबकाई पैदा करने लगती है। इस बार हरनाम काफी समय बाद उसके पास आया है। एक लंबे समय बाद। हरनाम कहता है, 'झुनिया, बहुत दिनों बाद तुम्हारे पास आया हूं। साली राणा बहादुरसिंह की छोकरी ने फंसा लिया था।"

झुनिया उठ खड़ी होती है। कहती है, "बाबू बीमार हैं। उनकी दवा लेकर जा रही हूं।"

'बैठ-बैठ," लपककर हरनाम झुनिया की बांह पकड़ लेता है, "मैं तेरे घर से ही पता लगाकर आया हूं कि तू बाजार गई है, तभी यहां आया हूं। अब तक बाबू मरे नहीं हैं, तो अब एकाध घंटे के अन्दर मर नहीं जाएंगे। एक-आध घंटे बाद ही जाना।"

वह हरनाम से अपनी बांह छुड़ाते हुए कहती है, "नहीं, छोड़ो, निखिल भी आ रहा होगा।"

"निखिल! वह साला यहां क्यों आएगा?" हरनाम कड़ी आवाज में कहता है।

"हां, वह जरूर आएगा। उसने मुझसे कहा है। दवा के लिए भी तो पैसे उसीने दिए हैं।"

"बैठ!'' हरनाम एक झटके के साथ झुनिया की बांह खींचते हुए गरजता है, "जब तक मैं यहां हूं तब तक किसी भी साले की यहां आने की मजाल नहीं है।"

हरनाम द्वारा झटके से बांह खींचे जाने के कारण झुनिया लड़खड़ाकर वहीं गिर पड़ी। फिर उठी और पेड़ के तने से सटकर चुपचाप बैठ गई! हठात् उसे बगीचे के एक कोने-से आता निखिल दिखाई पड़ा। वह हरनाम से बोली, "बांह छोड़ो। वह देखो, निखिल आ रहा है।"

"आने दो साले को। उसके आने से क्या होगा?" और हरनाम झुनिया की बांह नहीं छोड़ता है। उसी तरह पकड़े रहता है। धीरे-धीरे निखिल पास आ गया। वह झुनिया की बांह पकड़े हरनाम को देखकर चौंक उठा, "हरनाम भैया, यह क्या कर रहे हो?"

हरनाम निखिल के चेहरे की ओर नहीं देखता है। दूसरी ओर ताकते हुए कहता है, "कुछ भी कर रहा हूं, इससे तुमको मतलब?"

निखिल को हरनाम की आवाज बदली हुई लगती है। वह तेज आवाज में बोलता है, "छोड़ो-छोड़ो इसको, जाओ घर, पिताजी तुमको खोज रहे हैं।"

"मैं तुम्हारे बाप का नौकर नहीं हूँ!" हरनाम गरजता है, "इस झुनिया के पास मेरे रहते अब तुम कभी मत आना।"

"साले, जिस थाली में खाते हो, उसीमें छेद करते हो..." निखिल दहाड़ता है, 'मेरे रहते इस झुनिया को कभी हाथ मत लगाना।"

"साला, गाली बकता है! अभी तुझको फाड़ दूंगा..." हरनाम की पहली प्रकृति जाग उठती है। वह निखिल की तरफ झपटता है।

"ठहरो साले बन्दुक लेकर आता हूं तो अभी तुझको बताता हूं... असल जादा का जन्मे हो तो भागना मत।" और निखिल बन्दूक लेने के लिए अपने घर की ओर भागता है।

"मुझे बन्दूक की धमकी दे रहे हो. अभी अपनी ताकत तुम्हें दिखाता हूं..." और बड़बड़ाते हुए एक दूसरे रास्ते से हरनाम भी गांव की ओर चल देता है। अब झुनिया अकेले बच जाती है। वह उठकर घर की ओर चल पड़ी

है। अच्छा हुआ, ये दोनों अत्याचारी आपस में ही लड़ गए, अन्यथा उसे ही परेशान करते।

झुनिया अपने घर आ गई है। लेकिन उसके घर आने से पहले ही वे दोनों गांव आ चुके थे तथा दोनों ओर से गाली-गलौज और धमकियां भी शरू हो गई थीं। निखिल अपने दालान पर बंदूक लेकर खड़ा है। राणा बहादुरसिंह तथा उसके और अपने लोग उसे रोक रहे हैं। इधर बरगद के पास बिना लाइसेंस वाली अपनी बंदूक लेकर हरनाम भी आ गया है। कुछ लोग उसे भी रोक रहे हैं। दोनों जगह गांव के लोग तमाशबीन की तरह उमड़े आ रहे हैं तथा विषय से अवगत होकर, चटखारें ले-लेकर गप्पें लड़ा रहे हैं।

यह खबर जोगिंदर को अचानक अपने नाम किसी लॉटरी मिलने की घोषणा सुनने की तरह ही सुखदायी लगी। वह उछल पड़ा। उसका जी करता है कि वह इसी समय दोनों जगहों की ओर दौड़कर मुआयना करे। लेकिन फिर वह सोचता है कि नहीं, उसका जाना ठीक नहीं होगा। वे बारी-बारी से स्वयं ही उसके पास आएंगे। उसके पास आए बगैर उनका काम चलेगा कैसे?

इस सूचना से सोमारू को भी काफी बल मिलता है। ये दोनों अलग-अलग हो गए, अब सोमारू बारी-बारी से इन दोनों से निबटेगा। साले ये दोनों मिल गए थे, इसीसे वह लाचार हो गया था।

रात अधियाने के कुछ समय बाद सोमारू चुपके से उठा फिर निखिल बहादुर के खलिहान में चला गया। खलिहान में अनाज नहीं है। सिर्फ पुआल के टाल हैं। फिर भी ये काफी कीमती हैं। सोमारू अपनी कमर से माचिस निकालकर जलाता है और पुआल के टाल में आग लगाकर चल देता है।

सोमारू को सबसे अधिक विश्वास झुनिया पर है। सोमारू झनिया से कुछ भी छिपाना नहीं चाहता। वह लौटते हुए झुनिया को बताता है कि उसने रागा बहादुरसिंह के पुआल में आग लगा दी है। झुनिया उसे कोसती है। वह झनिया को समझाता है, "देख झनिया, मैंने कोई गलती नहीं की है। पाप और अत्याचार के खिलाफ छिपकर या सामने होकर लड़ने में कोई फर्क नहीं है। धर्म तो यही है कि जैसे भी हो सके, अत्याचार का विरोध करो।"

शुरू में झुनिया सोमारू की हर बात का विरोध करती है। मगर सोमारू जब समझाता है, तो समझ जाती है। उसे सोमारू द्वारा समझाई गई बात, बहुत सच्ची और ईमानदार लगती है।

सुबह होने से पहले ही आग की लपटें समूचे गांव को प्रकाशमान कर देती हैं। 'आग लगी है...आग लगी है...' समूचे गांव में हल्ला हो उठता है। लोग अपने-अपने घरों से निकलकर दूर से ही तमाशा देखने लगते हैं।

एक जमाना था, जब गांव में कहीं भी आग लगने पर हर आदमी अपने घर से एक बाल्टी और डोर लेकर निकलता था। किसी भी कुएं से पानी भरकर लोग उत्साह के साथ आग बुझाने में जुट जाते थे। लेकिन अब वैसा कुछ भी नहीं हो पाता है। लोग हाथ सेंकते ही रह जाते हैं और धू-धू कर राणा बहादुरसिंह का सारा पुआल जल जाता है।

सुबह राणा बहादुरसिंह और निखिल की ओर से आवाज निकलती है, "यह काम हरनाम का है। उसके सिवाय दूसरा कर ही नहीं सकता है। कल ही झगड़ा हुआ और आज ही यह काम!"

यह काम हरनाम का नहीं है। लेकिन हरनाम सफाई नहीं देता है। गुस्से में चिल्लाता है, "हां, यह काम मेरा है। जो जी में आए करो।"

बस, दोनों ओर से गुटबंदियां और तैयारियां शुरू हो जाती हैं।

जैसाकि जोगिंदर को विश्वास था, उसके पास बारी-बारी से दोनों आते हैं। सबसे पहले निखिल आता है।

"भैया, सुना तुमने न?"

"अरे, मैं तो पहले ही समझ रहा था..." जोगिंदर हंसता है, "भला कुत्ते की पूंछ में घी लगाने से उसकी पूंछ सीधी होती है!"

"लेकिन भैया, अब क्या होगा?"

"अरे होगा क्या? अभी थोड़े ही कुछ बिगड़ा है। बस, एक-दो हजार खर्च करने की जरूरत है। इस बार बच्चू को दस साल के लिए अन्दर भिजवा दिया जाएगा।"

निखिल के बाद जोगिंदर हरनाम के पास आता है।

"यार, मैं बहुत फेरे में पड़ गया हूं। मेरी मति ही मारी गई थी, मैं उसके घर फंस गया था।"

"यह तो मुझे शुरू में ही लगा था, तुम अब छले जा रहे हो। तुमको पूरी तरह इस्तेमाल कर लिया है उन लोगों ने। मेरा खयाल है कि अब तुम्हारे साथी भी तुमसे अलग हो गए होंगे।"

"हां दोस्त, यही तो सबसे बड़ी मुसीबत हो गई है। कोई अब मेरा साथ देने को तैयार नहीं। सभी साथी कट गए हैं। अब क्या होगा? कोई रास्ता बताओ। बिना तुम्हारी सहायता के मैं कुछ भी नहीं कर सकूँगा।"

कर कुछ मिनटों के लिए जोगिंदर मौन होकर कुछ सोचने लगता है। फिर उसके चेहरे पर मुस्कान की एक पतली रेखा तैर गई, "अच्छा, एक रास्ता है... निखिल ने पचीस बीघे खेत में जेठुआ धान की खेती की है।... अब जल्द ही उसकी कटनी लगेगी...तुम गांव के सभी कटनिहारों को जुटाओ और कहो कि देश में महंगाई बढ़ गई है...हर चीज के भाव आसमान छूने लगे हैं...सरकारी कर्मचारियों के वेतन बढ़ गए हैं। शहर के मजदूरों की मजदूरी बढ़ गई है। अब पहले के हिसाब से कटनी नहीं होनी चाहिए। यह अत्याचार है। बिना कटनी का रेट बढ़े अब तुम लोग कटनी मत करो। देखूंगा, कैसे वे लोग रेट नहीं बढ़ाते हैं!"

हरनाम यह सुनते ही उछलकर जोगिंदर के गले लिपट गया, "हां यार, यह एकदम सही रास्ता है। इस रास्ते मुझे मेरे सभी संगी-साथी वापस मिल जाएंगे। तू बड़ा कमाल का आदमी है दोस्त! सचमुच तुम्हारे जैसा तेज दिमाग वाला राजनीतिज्ञ इस पूरे इलाके में कोई नहीं है।"

फिर हठात् हरनाम के दिमाग में एक सवाल पैदा हो गया। क्षण भर के लिए उसका मन मलिन हो उठा। वह शंका-समाधान के लिए फिर जोगिंदर से कहता है, "यार, अगर बाहर से कटनिहारों को उसने बुला लिया तो?"

"नहीं हरनाम, ऐसा कभी होगा ही नहीं। और ऐसा करने पर उसे सफलता भी नहीं मिलेगी। यहां के कटनिहार दूसरे कटनिहारों को कटनी करने ही नहीं देंगे। तुम्हें कुछ नहीं करना है। तुम सिर्फ खड़े रहना। सारा झगड़ा-तकरार कटनिहार स्वयं ही कर देंगे।"

हरनाम जोगिंदर से हाथ मिलाकर वहां से चल पड़ा। मन ही मन वह बहुत खुश है। सचमुच इस रास्ते वह राणा बहादुरसिंह को पछाड़ सकेगा।

एक-एक दिन बीतते-बीतते जेठुआ धान की कटनी का समय भी आ गया। हरनाम बहुत पहले ही से कटनिहारों को इस बात से आगाह कर चुका है कि बगैर कटनी का रेट दुगुना हुए कोई कटनी नहीं करेगा। रोज मजूरी तथा कटनी करके जीविका चलाने वाले गांव के सभी गरीबों में खुशी की लहर छा गई है। यह बिल्कुल उनके अपने हित की बात है। इस बात पर वे हरनाम से बहुत प्रभावित हुए हैं। हरनाम से अलग रहने वाले उसके ढेर संगी-साथी उसके करीब आ गए हैं। हरनाम उनका नेता बन गया है। वे बराबर हरनाम के आगे-पीछे चलने लगे हैं।

इधर निखिल भी अब अकेला नहीं रहा है। गांव के कुछ अन्य खेतिहर गहस्थ जो निखिल के बराबर तो नहीं थे, लेकिन उस तक पहुंचने की कोशिशों में लगे थे, वे निखिल के साथ हो गए हैं। हरनाम की यह बात उन्हें बहुत बुरी लगी है। इस बात से निखिल के साथ-साथ उन्हें भी क्षति है।

सदियों से दबे गांव के मजदूर इस बार फनफना गए हैं। उनकी दमित इच्छा को हरनाम से काफी बल मिला है। उनके अन्दर एक अजीब तरह का उत्साह उमड़ पड़ा है। वे जगह-जगह बैठकों तथा मीटिंगें करने लगे हैं। हरनाम तो उनके जिगर का टुकड़ा हो गया है। वे उसे इधर से उधर टांगे फिरते हैं।

धान पक गए हैं। बालियां खेतों में पसरने लगी हैं। अब कटनी का आखिरी वक्त गुजर रहा है। निखिल अपने चंद साथियों के साथ गांव में घूमकर ऐलान करता है, "यह सब करने से तुम लोगों को कोई फायदा नहीं होगा। इस कटनी के नहीं होने से हम लोग मर नहीं जाएंगे। लेकिन तुम लोगों के पास जगह-जमीन नहीं है। इस गांव में फिर कभी काम नहीं मिलेगा। भूखे मरोगे। किसीके बहकावे में मत आओ।"

निखिल के जाने के बाद हरनाम समझाता है, "यह धमकी है। इस धमकी के कारण ही तो तुम लोग अब तक चूसे गए हो। आखिर तुम्हीं लोग

सोचो कि अगर तुम लोग काम नहीं करोगे, तो फिर इन लोगों की खेती-गृहस्थी होगी कैसे? क्या ये लोग अपने-आप कर लेंगे?"

"नहीं...।" मजदूर चिल्लाते हैं। हरनाम की बात उन्हें समझ में आ जाती है। अब उन्हें अपनी शक्ति का पता चलता है। वे गर्व के मारे नारे लगने लगाते हैं, "जब तक रेट नहीं बढ़ेगी...तब तक कटनी नहीं लगेगी।"

इधर निखिल चंद लोगों से सलाह-मशवरा कर बाहर से कटनिहार बुलाने चल देता है। यह ख़बर गांव के मजदूरों को बौखला देती है। वे दहाड़ने लगते हैं, "बाहर के कटनिहारों को कटनी नहीं करने दिया जाएगा।"

निखिल दो दिनों के अन्दर ही बाहर से अनेक कटनिहार लेकर आ गया। फिर मजदूरों के गुस्से का जवाब अपनी गरजती आवाज में देता है, "कटनी लगेगी। जिसकी हिम्मत हो वो रोकने आए।"

मजदूरों की ओर से पुनः जवाब आता है, "जो कटनी करने चला जाएगा, खेत से उसकी लाश आएगी।"

बस, यहीं से युद्ध का जन्म हो जाता है। दोनों ओर से एक-दूसरे को मारने-काटने की तैयारियां शुरू हो जाती हैं। रातों-रात इलाके भर से दौड़-धूप कर दोनों पार्टियां काफी हथियार इकट्ठा कर लेती हैं। मारने काटने की धुन सबके माथे पर सवार हो जाती है।

निखिल इस अवसर पर पुलिस की सहायता लेना चाहता है। लेकिन उसकी पार्टी वाले उसे डांट देते हैं, "नहीं। आखिर कब-कब हम पुलिस की मदद लेंगे? कटनी के बाद बोझे घर में तो नहीं रखे जाएंगे। इन्हें खलिहान में ही रखना होगा। फिर दवनी, ओसवनी अभी सब कुछ तो बाकी है।"

निखिल को भी लगता है कि हां, यही ठीक है। इस बार ईंट का जवाब पत्थर से देना ही बेहतर होगा।

दिन के तीन बजे निखिल की पार्टी से ऐलान होता है कि शाम पांच बजे कटनी लगेगी। जिसके सीने में बल हो, वह कटनी रोकने आए।

बस, इधर कटनी रोकने का इंतजाम शुरू हो जाता है। हरनाम अपनी बंदूक लेकर खड़ा है। उसके आसपास मजदूरों की भीड़ लगी है। सबों की

आंखें लाल हैं। किसी भी मजदूर के हाथ खाली नहीं हैं। भाला; गंडास लाठी, बर्छा से सभी लैस हैं। दो-चार नल बन्दकें भी हैं। हरनाम कहता है, "पहले कटनी लग जाने दो। कटनी लग जाने के बाद एकाएक हमला बोल दिया जाएगा।"

सभी हरनाम की बात का समर्थन करते हैं। लेकिन सोमारू छटपटाकर रह जाता है। वह छिटपुट रूप से शुरू से ही इस लड़ाई का विरोध करता रहा है। लेकिन किसीने उसकी बात पर कान नहीं दी है। अब जब कि लोग लड़ाई के लिए एकदम तैयार ही हो गए हैं, उससे रहा नहीं जाता है। वह भीड़ के बीच पूरी ताकत के साथ चिल्लाता है, "यह लड़ाई गलत है...इस लड़ाई में हमें कोई फायदा नहीं होगा। यह हमारी लड़ाई नहीं, राणा बहादुरसिंह और हरनाम की लड़ाई है।"

उत्तेजित भीड़ गालियां बकनी शुरू करती है, "साला कायर है, डरपोक है, हिजड़ा है, दलाल है..."

हरनाम को परिस्थितियां अनुकूल मालूम पड़ती हैं। बस, वह चिल्लाता है, "मारो साले को...मारो साले को।..."

भीड़ सोमारू के ऊपर टूट पड़ती है। बूढ़ा कहार हरिहर सोमारू को बचाने के लिए दौड़कर उसके ऊपर झुक जाता है। बौखलाई हुई भीड़ यह सब कुछ नहीं देख पाती। वह चारों ओर से प्रहार करना शुरू कर देती है। हरिहर का माथा फट जाता है। वह लुढ़ककर एक ओर गिर पड़ता है। हरिहर के माथे से फव्वारे की तरह निकलता खून वहां की जमीन को भिगोने लगता है। बस, भीड़ थम जाती है। हरिहर के हाथपांव छटपटा रहे हैं। लेकिन वहां खड़े सभी अवाक् हैं। फिर क्षणभर बाद ही हरिहर का बदन शांत पड़ जाता है। वह सदा के लिए आंखें बन्द कर लेता है।

झुनिया दौड़ते हुए आती है और बाबू के शरीर पर लोट-लोटकर चीत्कार करने लगती है। भनिया का चीत्कार हृदय-विदारक होता है। फिर भी कोई उसे चुप नहीं कराता है। सोमारू वहां नहीं है। कहीं चला गया है।

रात का दूसरा पहर गुजर रहा है। झुनिया अपने दरवाजे पर खड़ी है।

उसका चेहरा आंसुओं से भीगा है। जाने अब किसको उसे प्रतीक्षा है? उसके बाबू तो उसे छोड़कर सदा-सदा के लिए चले गए हैं।

गली के अन्धकार को पार करते हुए एक आदमी सामने आता है। वह धीरे-धीरे झुनिया के करीब चला जाता है। झुनिया उसे पहचान लेती है—वह सोमारू है। झुनिया देखती है, सोमारू का चेहरा आंसुओं से भीगा है। सोमारू भी झुनिया के चेहरे की ओर देखता है, झुनिया की आंखों से भी आंसू अविरल गति से बह रहे हैं। सोमारू का हृदय फटने लगता है। वह अपने को रोक नहीं पाता। अपने दोनों हाथ फैला देता है। अब झुनिया से भी रहा नहीं जाता है। वह अपने को सोमारू की भुजाओं में फेंक देती है। फिर सोमारू झुनिया को चुप कराता है और झुनिया सोमारू को।

बन्दूक की आवाजें होती हैं। साथ ही हो-हल्ला भी। शायद लड़ाई छिड़ गई है। अब सोमारू और झुनिया वहां से उठकर साथ-साथ चल देते हैं। वे इस गांव को छोड़कर जा रहे हैं। अब लौटकर कभी इस गांव में नहीं आएंगे। रोजी-मजूरी करके कहीं भी कमाएंगे और साथ-साथ रहकर ही शेष जिन्दगी गुजार देंगे।

गांव से काफी दूर अलग वे 'पोखर' के पास चले आते हैं। यहां भी गांव से आने वाली बन्दूक और हल्ला-गुल्ला की आवाजें उन्हें सुनाई पड़ रही हैं। चांद निकल आया है। खूब चटक अंजोरिया। रात में उन्हें सब कुछ दिखाई पड़ रहा है। झुनिया 'पोखर' के चबूतरे पर खड़ी होकर अंतिम बार गांव को देखती है। झुनिया को याद है, बचपन में गाय चराते-चराते जब वह यहां आ जाती थी, तो इसी 'पोखर' के चबूतरे से खड़ी होकर अपना गांव देखती थी। तब उसे अपना गांव मकड़ी के जाले की तरह दिखता था और कौन किसका मकान है, यह पहचान पाना उसके लिए बड़ा मुश्किल होता था।

आज भी इस अंजोरिया रात में झुनिया को अपना गांव मकड़ी के जाले की तरह ही लगता है। लेकिन अब गांव के दो मकान उसे साफ पहचान में आ जाते हैं। ये राणा बहादुरसिंह और जोगिंदर के मकान हैं। गांव के सभी मकानों को दबा कर ये मकान काफी ऊंचे तक उठ आए हैं।

झुनिया को लगता है कि उसके बचपन से लेकर आज तक उसका गांव कितना बदला है, यह दूर से ही पहचाना जा सकता है। इसी पोखर के चबूतरे से।

गांव की ओर से नजर घुमाकर झुनिया सोमारू का हाथ पकड़ लेती है, फिर दोनों तेज-तेज कदम बढ़ाते हुए आगे की ओर चल देते हैं।

संगीता बनर्जी

आज सुबह अखबार मिलने से पहले मुझे 'अबला निकेतन' का निमंत्रण-पत्र मिला। 'अबला निकेतन' मेरे छोटे नगर की एक बड़ी संस्था है, इससे व्यक्ति अवगत हो चुके हैं। निमंत्रण-पत्र पढ़कर मुझे खुशी हुई कि यह संस्था इस वर्ष अपनी पच्चीसवीं वर्षगांठ (रजत जयन्ती) मनाने जा रही है, लेकिन अन्दर से मैं पूरी तरह उद्वेलित हो चुका हूं। एक अनकहा दर्द और एक अनाम-सी बेचैनी ने मुझे घेर लिया है। मन को सिर्फ एक बार निमंत्रण-पत्र देख लेने से ही सन्तोष नहीं हुआ। पुनः एक बार फिर निमंत्रण-पत्र खोलकर देखने लग गया हूं :

'मान्यवर,

'अबला-निकेतन' नामक आपके शहर की यह संस्था आपकी सेवा में इस वर्ष अपनी उम्र का पच्चीसवां वर्ष पूरा करने जा रही है। इस पच्चीसवीं वर्षगांठ (रजत जयन्ती) के उपलक्ष्य में इस संस्था की संस्थापिका स्व० संगीता बनर्जी की एक बहुत अच्छी आदमकद मूर्ति, स्मारक के रूप में, इस संस्था के मुख्य द्वार के पास स्थापित की जाएगी। इस अवसर पर देश के अनेक गणमान्य बुद्धिजीवी, समाजसेवी तथा नेता पधार रहे हैं। अतः इस शुभ मौके पर हम आपको सादर निमंत्रित कर रहे हैं, क्योंकि यह संस्था आप सभी के सहयोग से ही निर्मित हुई है।

इस संस्था की अब तक की महत्त्वपूर्ण भूमिकाओं का सार-संक्षेप हम आपके अवलोकनार्थ प्रस्तुत कर रहे हैं :

1. अपनी इस पच्चीस साल की अवधि में इस संस्था ने पांच हजार ऐसी असहाय लड़कियों की शादी की है जो दहेज, जाति-पांति तथा सामाजिक रूढ़ियों के चलते जिन्दगी भर अविवाहित रहने वाली पीड़ादायक स्थितियों से गुजरने लगी थीं।
2. इस संस्था ने इसी अवधि में दो हजार विधवा-विवाह भी किए हैं।
3. इसी अवधि में इस संस्था ने लगभग तेरह सौ ऐसी महिलाओं को आश्रय दिया है, जो लावारिस, सामाजिक रूप से बहिष्कृत तथा अपने पति और परिवार द्वारा परित्यक्ता थीं।

अपने इस कार्य को वह संस्था अपना दूधमुंहा प्रयास मानती है। यह निरन्तर इससे आगे बढ़ने की कोशिशों में प्रयत्नशील है। इस संस्था के तमाम सदस्य इस बात के लिए प्रतिबद्ध हैं कि वे अपनी तथा इस क्षेत्र में अपनी सक्रियता को व्यापकता प्रदान करते जाएंगे। इसके लिए आपका सहयोग इस संस्था को प्रार्थनीय है।

भवदीय

—इला भाटिया

सचिव, अबला-निकेतन'

निमंत्रण-पत्र पढ़कर बन्द कर देता हूं। आंखें अपने-आप मुंद जाती हैं। इस नगर के उत्तरी छोर पर स्थित 'अबला-निकेतन' का लम्बा-चौड़ा घेरा, उसके अन्दर की चमकती कोठरियां तथा उसका बड़ा-सा मुख्य फाटक आंखों के सामने तैरने लगते हैं। फिर अतीत को फाड़ कर संगीता बनर्जी एकदम बीच फाटक पर खड़ी नजर आती हैं। उनके चेहरे पर शिकन की कहीं कोई रेखा नहीं है। वही ताजगी, वही रौनक, मुस्कराती हुई वही आंखें, चेहरे का वही अंदाजे-बयां...। फिर कानों में उनकी बेलौस हंसी, उन्मुक्त बातें और बेबाक विचारधाराएं गूंजने लगती हैं। लगता है, जैसे लम्बा अतीत बिल्कुल सिमटकर कल की बात बन गया हो।

मेरे साथ ऐसा यह तेरहवीं बार हो रहा है। इस संस्था की बारहवीं वर्षगांठ तक संगीता बनर्जी जिन्दा थीं। इसके बाद वह इस संस्था को ही नहीं, इस

नगर और इस धरती को छोड़कर सदा-सदा के लिए चली गईं। उनके चले जाने के बाद जब भी इस संस्था की वर्षगांठ मनाई गई, वह मुझे बुरी तरह याद आती गईं। आंखों के सामने नाचती उनकी आकृति और कानों में गूंजती उनकी बातें, मुझे अन्दर ही अन्दर उफनाती रहीं। लेकिन नहीं...। अब मुझसे ख़ामोश रहकर यह सब कुछ और नहीं सहा जाएगा। अब मुझे अपनी चुप्पी बेहद अखरने लगी है। मैंने कलम उठा लिया है। यह कहानी उसी चुप्पी को तोडने का प्रयास है।

हालांकि अपनी जिन्दगी में संगीता बनर्जी ने कई दफा मुझसे कहा था, 'श्रीवास्तवजी, मैं आपके लिए एक बहत बढ़िया कहानी का विषय छोड़ जाऊंगी। लेकिन हर बार व्यंग्यात्मक टोन में मैंने उनकी इस बात को उड़ा देने की कोशिश की थी, 'संगीताजी, अब कहानियों का उद्देश्य मात्र मनोरंजन करना नहीं है। आप जो विषय देंगी, वह निश्चित रूप से 'आउट आफ डेट' होगा।'

आज इस बात को लेकर मुझे गहरा अफसोस है कि तब संगीता बनर्जी को मैं पहचान नहीं पाया था, अन्यथा इस तरह कभी नहीं कहता। दरअसल, वह जिन्दगी बिल्कुल दो स्तरों पर जी रही थीं। उनकी जिन्दगी, उनके व्यवहार और उनके सम्बन्ध कुछ और ही होते थे, जबकि उनकी बातें, उनकी मान्यताएं और उनकी स्थापनाएं कुछ और ही होती थीं। दोनों में मूलतः बहुत बड़ा फर्क था। आज मुझे लगता है कि मैं उनके विचारों और उनकी स्थापनाओं से अलग हटकर, स्थूल रूप में ही उनसे जुड़ा था, इसीलिए मैंने उन्हें गलत ढंग से समझने की कोशिश की थी। इसके लिए आज मुझे बहुत खेद है। अब मैं जिन्दगी भर अपनी इस भूल का प्रायश्चित्त करूंगा। अगले रविवार को उनकी संस्था की पच्चीसवीं वर्षगांठ पर उनकी चमकती आदमकद मूर्ति मुख्य द्वार के सामने लग जाएगी। इस नगर में ही नहीं, इस नगर के अगल-बगल के तमाम नगरों तथा छोटे-बड़े कस्बों में भी उनके असंख्य प्रशंसक हो गए हैं। उनके द्वारा लाभान्वित स्त्री-पुरुष तथा उनके परिवार अब निश्चय ही उनकी इस मूर्ति के आगे माथा झुकाएंगे। वे वास्तव में इस योग्य थीं, यह बात मुझे भी आज ही समझ में आ रही है। इसीलिए इस कहानी के माध्यम से उन्हें अच्छी तरह न पहचान पाने का प्रायश्चित्त मैं कर रहा हूँ।

हां, तो सुनिए, संगीता बनर्जी की कहानी मैं आपको शुरू से ही बता रहा हूं। वह इस नगर की मूल निवासी नहीं थीं। लेकिन कहां की थीं—मुझे आज तक मालूम नहीं। मेरे नगर के कुछ लोगों का कहना है कि वह कलकत्ता की थीं। कुछ लोग उन्हें दिल्ली की मानते हैं। चन्द वैसे भी लोग हैं, जो उन्हें बम्बई से जड़ा हुआ बताते हैं। इनमें कौन-सी बात सही है, कह पाना मुश्किल है। लेकिन हां, इतना तो दावे के साथ कहा जा सकता है कि वह किसी महानगर की ही थीं. क्योंकि हमारे इस कस्बेनुमा शहर से उनके आचार-विचार और रहन-सहन तनिक भी मेल नहीं खाते थे। उनकी सभ्यता और संस्कृति को हमारे शहर का वातावरण पचा नहीं पाता था।

हमारे शहर में उनका आना बिल्कुल आकस्मिक रूप से ही हुआ था। इसका श्रेय हमारे शहर के एक बिल्कुल मस्तमौला मनमौजी टाइप के व्यक्ति को है। उस व्यक्ति ने ही संगीता बनर्जी को इस नगर की नागरिकता से जोड़ दिया था। लेकिन उस व्यक्ति ने अन्त तक संगीता बनर्जी का साथ नहीं दिया था। चंद सालों के बाद ही उनसे विदा ले वह सदा के लिए रुखसत हो गया था।

यहां जब संगीता बनर्जी की कहानी मैं आपको सुना रहा हूं, उस व्यक्ति का जिक्र करना भी मुझे बेहद जरूरी लगने लगा है। यह इसलिए भी कि मेरे नगर का वह पहला व्यक्ति था जिसने संगीता बनर्जी को पहचाना था और उन जैसी महिला को अपना जीवनसाथी बनाया था। आज मुझे लगता है कि मेरे शहर का सबसे बड़ा भाग्यशाली आदमी भी वही था, क्योंकि उसे संगीता बनर्जी की जिन्दगी को अत्यन्त करीब से देखने और परखने का मौका मिला था।

तो वह मल्होत्रा नामक व्यक्ति मेरे शहर का एक प्रोफेसर था। बिल्कुल मस्तमौला और मनमौजी। वह जिन्दगी जीने के अपने तरीकों में विश्वास करता था। परिवार से उसे सन्तुष्टि नहीं थी। उसका परिवार काफी भरा-पूरा था। उसका बड़ा लड़का, जो आज इस नगर का कोई उच्च पदाधिकारी है, उस समय ही नौकरी पर लग गया था।

लड़के-लड़कियों से पहले मल्होत्रा की जिन्दगी बड़ी मजेदार थी। लेकिन

धीरे-धीरे परिवार के बढ़ जाने तथा लड़के-लड़कियों के सयाने हो जाने से उसे अपनी उन्मुक्त जिन्दगी में खलल पड़ता महसूस हुआ था। वह अपने परिवार के प्रति एकदम उदासीन रहने लगा था। वह चाहता था कि उसकी पत्नी भी परिवार से तटस्थ होकर उसका साथ दे और वे पुनः एक नये सिरे से जिन्दगी शुरू करें, लेकिन उसकी पत्नी ने उसका साथ नहीं दिया। फलस्वरूप अकेले ही परिवार से सम्बन्ध विच्छेद कर, उसने अखबारों में अपने लिए निम्नलिखित विज्ञप्ति प्रकाशित करवाई :

'एक अधेड़ उम्र के प्रोफेसर के लिए एक स्वतन्त्र और उन्मुक्त विचारों वाली पत्नी की जरूरत है; जो पत्नी कम, दोस्त ज्यादा हो। उम्र पचीस और चालीस के बीच हो। शिक्षा कम से कम बी० ए० तक। रंग सांवला या गोरा, कोई भी। मगर देखने में आकर्षक। जाति-पांति का कोई बंधन नहीं।'

इस विज्ञप्ति के बाद देश के विभिन्न भागों से कई आवेदन-पत्र उसके पास आए थे। संगीता बनर्जी का आवेदन-पत्र भी उसमें था। साक्षात्कार के लिए बुलाई गई चुनी हुई आवेदिकाओं में मल्होत्रा को संगीता बनर्जी हर दृष्टि से पसन्द आ गई थीं। उसने तत्काल कानूनी तरीके से उनसे शादी कर ली थी। बस, तभी से संगीता बनर्जी मेरे शहर में रहने लगी थीं।

संगीता बनर्जी के आने के तत्काल बाद ही मेरे शहर के तमाम लोगों को एक जबरदस्त झटका लगा था, क्योंकि वह कहीं से भी संकोची और पर्दानशीन औरत नहीं थीं। इस शहर की सड़कों, चौराहों और क्लबों में मल्होत्रा के साथ उन्हें घूमते हुए हजारों जोड़ी आंखें बराबर ही घूरा करती थीं। वह सड़कों, चौराहों या कहीं भी मल्होत्रा से बात करते हुए ठहाके लगाने लगती थीं। उनके ठहाके बिल्कुल खुले और बेलौस होते थे। वह मल्होत्रा के मित्रों से बड़े कायदे से हाथ मिलाती थीं तथा किसी भी विषय पर उनसे जमकर बात करती थीं। शायद वह मेरे इस शहर की पहली महिला थीं, जो मल्होत्रा के साथ सिगरेट जलाकर सड़कों पर घूमा करती थीं।

आज मैं यह भी आपसे बता दे रहा हूं कि मल्होत्रा भी मेरे शहर का पहला व्यक्ति था, जिसे संगीता बनर्जी जैसी जिंदगी बेहद पसन्द थी। शायद

यही कारण था कि संगीगा बनर्जी की खुली और उन्मुक्त जिंदगी के बीच मल्होत्रा कभी आड़े नहीं आया था।

मल्होत्रा की जिन्दगी के अन्तिम दिन बहुत खुशनसीबी से गुजरे थे, ऐसा वह अपने मित्रों से बताता था। और इसके मूल में संगीता बनर्जी का अपनी जिन्दगी में प्रवेश ही वह मानता था। वह संगीता बनर्जी तो तहेदिल से चाहने लगा था। उसे इस बात का गहरा दुख था कि संगीता बनर्जी जैसी महिला उसे उसकी जिन्दगी के आखिरी मुकाम पर मिलीं। काश, अगर वह शुरू में ही मिल गई होती!

जहां तक संगीता बनर्जी के रूप और सौंदर्य का सवाल है, वह भी इस शहर के लिए दर्शनीय ही था। हालांकि एक युवती की जो उम्र होती है, उसकी सीमा वह निश्चित रूप से लांघ चुकी थीं। फिर भी इस शहर की किसी भी खूबसूरत युवती से उनका रूप और सौंदर्य किसी भी मायने में कम आकर्षक नहीं था।

संगीता बनर्जी को तब देखते ही बनता था, जब मल्होत्रा अपनी जिंदगी के आखिरी क्षणों की अस्वस्थता झेल रहा था। तब इस नगर में कोई ऐसा डाक्टर नहीं बचा था, जिसके पास संगीता बनर्जी नहीं गई हों और उसे लेकर मल्होत्रा को दिखाने नहीं ले आई हों। संगीता बनर्जी ने इस नगर के बाहर से भी कुछ डाक्टरों को बुला कर मल्होत्रा को दिखलाया था। मल्होत्रा के लिए उन्होंने दूर-दूर से दवाइयां भी मंगवाई थीं; पर मल्होत्रा बच नहीं सका था। उनको बीच रास्ते में ही छोड़कर चला गया था। किन्तु उन्हें इस बात की खुशी थी कि मल्होत्रा को सहज मृत्यु प्राप्त हुई है, क्योंकि मरने से दो दिन पहले मल्होत्रा ने उनसे कहा था कि 'अब उसे जिन्दगी में किसी चीज की चाह नहीं। उसके मन की हर मुराद पूरी हो गई है।'

इससे पहले एक बार मल्होत्रा को वह मृत्यु के मुंह से खींच लाई थीं। तब मल्होत्रा इसी तरह बीमार था और नहीं लग रहा था कि बचेगा। लेकिन अपनी निष्ठा और हादिक सेवा के बल पर उन्होंने उसे बचा लिया था। फिर एक लम्बे समय तक मल्होत्रा उनके साथ सुख से रहा था। इस बीच मल्होत्रा बराबर ही

उनसे कहा करता कि 'मेरी जिन्दगी में आकर तुमने मेरी उम्र बढ़ा दी है। काश, मैं तुम्हारी ही उम्र का होता, ताकि लम्बे समय तक मुझे तुम्हारा साथ मिलता!'

जिस दिन मल्होत्रा की मृत्यु हुई थी, उस दिन उसके घर कई लोग गए थे। हालांकि इसके पहले उसके घर कभी कोई नहीं जाता था। वह सिर्फ अपने पड़ोसियों की नजर में ही नहीं, बल्कि पूरे शहर की निगाहों में गलत हो गया था। जब से संगीता बनर्जी उसकी जिंदगी में आई थीं, उसका परिवार उससे बेहद घणा करने लगा था। संगीता बनर्जी के आने के बाद, मल्होत्रा के परिवार को किसीने कभी उधर भटकते हुए नहीं देखा था। लेकिन हां, मल्होत्रा की मृत्यु के बाद उसका पूरा परिवार, पत्नी, लड़कियां, बहुएं तथा लड़के सब साथ आए थे। मल्होत्रा का बड़ा लड़का शव-यात्रा की तैयारी कर रहा था।

लेकिन संगीता बनर्जी! वह गुमसुम और उदास जरूर थीं, मगर उनकी आंखों में आंसू का एक कतरा भी नहीं था। वह अन्य औरतों की तरह हाथ पर हाथ रखकर चुपचाप बैठी भी नहीं थीं। बिना किसी के कहे-सुने, शव-यात्रा की तैयारियों में संलग्न थीं। जानती थीं कि उनका परिवार यह सब कुछ करने भी नहीं आता, लेकिन लोक-परलोक और शहर की आलोचनाओं के डर से आया है।

शव-यात्रा के साथ-साथ संगीता बनर्जी को ले चलने के लिए कोई तैयार नहीं था। लेकिन उन्हें रोकने की क्षमता भी तो किसी में नहीं थी। दरअसल, कोई उनसे बोलता ही नहीं था। वह शव-यात्रा के साथ-साथ चुपचाप श्मशान तक गई। फिर अलग बैठकर सब कुछ देखती रहीं। जब मल्होत्रा की लाश धूं-धूं करके जल उठी, तब वे श्मशान से लौट आईं।

यह संगीता बनर्जी के मेरे शहर में आने और मल्होत्रा के साथ रहने की कहानी है। संगीता बनर्जी की सही और असली कहानी, अब यहीं से प्रारम्भ होगी।

जिस संगीता बनर्जी को आज मैं सही मान रहा हूं, उस समय मैंने भी उन्हें पूर्णतः गलत समझा था। असल में, उनके स्थूल रूप से अलग हटकर,

उनकी सूक्ष्म भावनाओं, विचारों और स्थापनाओं को कहीं बहुत गहरे में उतरकर, मैंने कभी टटोलने की कोशिश नहीं की थी। मैंने कभी यह जानना नहीं चाहा था कि पूरे शहर की जुबान में बदनाम संगीता बनर्जी नामक इस महिला के चेहरे से ताजगी लुप्त क्यों नहीं होती थी? वह क्यों शिथिल नहीं पड़ रही थीं? सामाजिक स्तर पर सघर्षरत अपनी जिंदगी में वह क्यों निरन्तर वृद्धि ही करती जा रही थीं? वह कभी भी टूटी क्यों नहीं थीं? किसी भी व्यक्ति से उन्हें, किसी भी तरह का समझौता कर लेने के मूल में क्या था? वह क्यों मल्होत्रा के बाद किसी से शादी करना नहीं चाहती थीं? वह सुख-सुविधाओं का रास्ता छोड़ अपनी जिंदगी को जोखिम-भरे रास्तों से क्यों गुजार रही थीं?

दरअसल, उस समय मेरे सामने इस तरह के सवाल ही पैदा नहीं हुए थे। उनके संगमरमरी जिस्म और दूधिया हंसी को लेकर इस शहर ने इतने अधिक अफसाने गढ़ दिए थे कि उन अफसानों को परे ढकेलकर कुछ सोचना ही मुश्किल था।

आज वे अफसाने बहुत पुराने और धुंधले पड़ गए हैं। संगीता बनर्जी की स्थापनाओं ने लोगों को चौंधिया दिया है। प्रायः हर व्यक्ति अब उन्हें न पहचान पाने का खेद प्रकट कर रहा है। इस अवसर पर, कहीं बहुत गहरे में जाकर मैंने संगीता बनर्जी का मूल्यांकन किया है। यह जानकर कि वे पूर्णतः सही थीं, मेरे अन्दर एक सुखद एहसास की अनुभूति हो रही है। साथ ही मैं इस बात के लिए आंसू भी बहा रहा हूं कि उस समय मेरी समझ इतनी दकियानूसी क्यों थी? मैंने बहुत बड़ी भूल की है। अब मैं कभी माफ नहीं किया जाऊंगा। इस एक कहानी से क्या, इस तरह की कई कहानियां लिखकर अब मुझे प्रायश्चित्त करना है। एक कहानीकार के लिए यह कितनी अशोभनीय और हास्यास्पद बात है कि कोई महिला उसे अच्छी तरह पहचान जाती है, लेकिन समय रहते वह उसे नहीं पहचान पाता है!

मल्होत्रा की मृत्यु के बाद संगीता बनर्जी इस शहर में बिल्कुल अकेली बच गई थीं। उनका कोई हमदर्द, कोई रिश्तेदार और कोई अपना नहीं था, लेकिन इसपर भी वह इस शहर को छोड़ने की स्थिति में नहीं थीं। शहर की

बात तो अलग, मल्होत्रा ने जिस किराये के मकान में रखा था, वह मकान भी वह नहीं छोड़ सकी थीं। हालांकि मल्होत्रा बहुत अधिक पैसा उनके नाम नहीं छोड़ गया था। मल्होत्रा द्वारा छोड़े गए पैसों और सामानों से वह बमुश्किल तीन महीना ही गुजर-बसर कर सकी थीं। इस बीच शहर के कई प्रतिष्ठित लोगों के यहां जाकर उनके बच्चों को ट्यूशन पढ़ाने की बात भी वे कर आई थीं तथा इस शहर में अपने परिचय के दायरे को भी वह विस्तृत करने लगी थीं।

इस तरह मल्होत्रा के अभाव में संगीता बनर्जी ने अपनी आजीविका की समस्या हल कर ली थी। लेकिन यही बात मेरे छोटे और रूढ़िवादी शहर को अखर गई। यहां के लोगों ने उनके ऊपर कीचड़ उछालना शुरू किया। वह जिन-जिन घरों में ट्यूशन पढ़ाती थीं तथा वह जिन-जिन लोगों से मिलती थीं, उनके नामों को उनके साथ जोड़कर लोगों ने उन्हें बदनाम करना शुरू कर दिया। असल में, इस शहर में बहुमत पुराने ख्यालात वाले लोगों का है। वे नारी को पुरुष की भोग्या मानते हैं। नारी स्वतन्त्र होकर अपनी आजीविका और अपने व्यक्तित्व को संभाल सकती है, यह बात उनके गले के अन्दर नहीं उतरती है। उनकी मान्यता है कि नारी चाहे जिस रूप में रहे, उसे पुरुष की आश्रिता होकर ही जीना है। संगीता बनर्जी ने उन्हें एक तेज झटका दिया था, इसीलिए वे बौखला गए थे।

हालांकि संगीता बनर्जी ही मेरे शहर की एकमात्र महिला नहीं थीं, जो कमाती थीं। अनेक महिलाएं इस शहर के विभिन्न क्षेत्रों में तब भी कमाती थीं और अब भी कमा रही हैं, लेकिन वे संगीता बनर्जी की तरह स्वतन्त्र नहीं हैं। किसी न किसी पुरुष का संरक्षण और आश्रय उन्हें प्राप्त है ही।

उन्हीं दिनों कुछ मनचले टाइप के लोगों ने संगीता बनर्जी से मिलकर यह कहा था कि अभी आपकी उम्र कोई खास नहीं है। अभी तो सारी जिन्दगी बाकी है। देखने में भी आप तनिक पुरानी नहीं लगती हैं। आपके लिए बेहतर यही है कि पुनः शादी करके कायदे से जिन्दगी गुजारें।

लेकिन संगीता बनर्जी ने जो जवाब दिया था, उससे मेरे शहर के लोग एकदम भौचक्के हो गए थे। संगीता बनर्जी ने बताया था कि मल्होत्रा से यह

उनकी चौथी शादी थी। उनके अनुसार, इन चार शादियों के बीच, 'शादी' नामक रस्म की अर्थवत्ता को उन्होंने खूब गहराई से जीया और भोगा है। इसीलिए अब उन्हें शादी से सख्त एलर्जी है।

आज मुझे संगीता बनर्जी की यह बात अत्यन्त गहन और अनुभवपूर्ण लगती है। किन्तु तब मेरे शहर के लोगों ने इसका उल्टा ही अर्थ लगा लिया था। उन्होंने यह बात प्रचारित कर दी थी कि शादी से इसे अपनी स्वतन्त्रता में अड़चन महसूस होती है। यह अब शादी नहीं करेगी। मनमाने ढंग से इस शहर में भ्रष्टता फैलाएगी।

लेकिन संगीता बनर्जी को इसकी कोई परवाह नहीं। वह पहले की तरह ही सड़कों पर अकड़कर चलती थीं तथा कहीं भी किसी विषय पर बात करते हुए उन्मुक्त ठहाके लगाती थीं। शायद यह उनके जीवन की सबसे बड़ी विशेषता थी कि परेशानियों, समस्याओं और आपदाओं को वह अपने चेहरे की उदास व गमगीन रेखा नहीं बनने देती थीं। साथ ही नारी सुलभ भावुकता से भी वह बिल्कुल परे थीं।

हमारे नगर के अफसर, राजनीतिज्ञ, साहित्यकार यानी कुल मिलाकर बुद्धिजीवी वर्ग में उनकी पैठ एक घटना के बाद हुई थी। यहां के प्रगतिशील समझे जाने वाले कुछ लोग एक नाटक का आयोजन कर रहे थे। उस नाटक में मुख्य भूमिका एक औरत की थी। लेकिन दुर्भाग्य कि उस तरह की औरत इस नगर में उन्हें मिल नहीं रही थी। फिर भी पता नहीं कैसे, यह बात संगीता बनर्जी के कानों में भी पड़ी। बस, यहां के प्रसिद्ध रंगकर्मियों से मिलकर, उन्होंने उनकी समस्या दूर कर दी। उस भूमिका के लिए वह तैयार हो गईं।

उसके बाद इस शहर में अब तक कितने नाटक हुए, लेकिन लोग कहते हैं कि वैसा नाटक आज तक नहीं हुआ। उस नाटक का मंचन लगातार तीन दिन तक हुआ। सिर्फ संगीता बनर्जी की भूमिका को देखने के लिए ही पूरा शहर उमड़ पड़ा था। यहां के साहित्यिक रुचि वाले डी० एम० ने एक हजार रुपये से संगीता बनर्जी को पुरस्कृत किया था। और रातोंरात ही संगीता बनर्जी इस शहर के बुद्धिजीवी वर्ग की जुबान पर चढ़ गई थीं।

फिर बुद्धिजीवियों का उनसे मिलने, किसी भी सांस्कृतिक कार्यक्रम में उनको निमंत्रित करने तथा क्लबों और रेस्तराओं में उनके साथ घूमने की प्रक्रिया जोरों पर आ गई थी।

लेकिन जैसाकि होता है, बड़ी मछली छोटी मछली को निगल जाती है। वह मेरे शहर की छोटी मछली थीं। उसके पीछे किसी तरह की सुरक्षात्मक शक्ति तथा पर्याप्त आर्थिक सुविधाएं नहीं थीं। इसीलिए इस शहर के बद्धिजीवी वर्ग ने परोक्षतः-प्रत्यक्षतः उन्हें आर्थिक सुविधाओं से जोड़कर उनका इस्तेमाल शुरू किया। इसे ही खुले शब्दों में यों कहूं कि वे उन्हें लूटने लगे। उनकी संगमरमी देह और दूधिया हंसी के परे उनका प्रखर और ज्वलन्त व्यक्तित्व देखने की निगाह किसीके पास नहीं थी। लेकिन लोग कहते हैं कि इस लटे जाने से भी संगीता बनर्जी तनिक भयभीत नहीं हुई थीं। इस शहर में पूरी तरह बदनाम हो चुकने के बाद भी उनके ठहाके गुम नहीं हुए थे और उनके चहरे पर मायूसी की कोई भी रेखा नहीं उभरी थी। शायद इसीलिए मेरे नगरवासी, इस शहर को दोषी न समझकर उन्हें ही दोषी समझते थे।

तब पता नहीं क्यों, मेरी निगाह भी चौपट हो गई थी। पान और चाय की कई दुकानों पर, उनके विषय में चटखारे ले-लेकर बातें करते हुए मैंने भी लुत्फ लिया था। आज मुझे लगता है कि आदमी अनुभव के दौरान चीजों को देखता-समझता जरूर है, लेकिन अनुभव के बाद ही काफी गहराई से उन्हें परखता है। मेरे साथ भी ऐसा ही हुआ है।

संगीता बनर्जी से मेरा व्यक्तिगत परिचय 'अबला-निकेतन' नामक संस्था के निर्माण के लिए उनके द्वारा बुलाई गई मीटिंग के बाद हुआ था। दरअसल एक लम्बे समय तक बदनामी और आलोचना की तेज धार पर चलने के बाद संगीता बनर्जी ने इस नगर में 'अबला-निकेतन' नामक एक संस्था के निर्माण की बात अपने मन में तय की थी। लेकिन पता नहीं, यह योजना शुरू से ही उनके मन में थी या बाद में उठी थी? हमें तो इसकी सूचना तब मिली थी, जब इस नगर में उन्होंने एक आम सभा का आयोजन किया

था। सभा में प्रायः सभी सोचने-समझने तथा कायदे से जिन्दगी जीने वाले जुटे थे।

सभा की कार्यवाही जब शुरू हुई थी और 'अबला-निकेतन' नामक संस्था के लिए प्रस्ताव पारित किया गया था, तब लोगों में विभिन्न प्रकार की प्रतिक्रियाएं हुई थीं। कुछ लोगों ने इसका समर्थन जरूर किया था, लेकिन अधिकांश लोग विरोध में खड़े हो गए थे। आवेश की स्थिति में आकर तो कुछ लोगों ने मंच पर सरेआम ऐलान भी किया था—संगीता बनर्जी बदनाम महिला है। हम इसको चन्दा नहीं देंगे। 'अबलानिकेतन' नामक संस्था के नाम पर यह हमें ठगने का षड्यन्त्र रचा रही है।'

मगर अन्त में संगीता बनर्जी जब मंच पर बोलने लगी थीं, तब जिस तरह उनकी जिन्दगी से हम कई बार आश्चर्यचकित हो गए थे, एक बार यहां फिर हम आश्चर्य में पड़ गए थे। हमने पहली दफा जाना था कि संगीता बनर्जी को हिन्दी का बहुत अच्छा ज्ञान है। साथ ही 'महिलाओं की स्थिति' नामक जिस विषय पर वह बोल रही थीं, उस विषय की उन्हें बहुत गहरी जानकारी थी।

जब उनका भाषण खत्म हुआ था, तब तमाम लोगों के बीच सन्नाटा छा गया था। प्राय सभी विरोधी-स्वर खत्म हो गए थे। फिर भी लोग खुलकर उनका समर्थन नहीं कर रहे थे, क्योंकि संगीता बनर्जी की व्यक्तिगत जिन्दगी से उन्हें एलर्जी थी।

सभा विजित होने के बाद सभी लोग अपने-अपने घर लौट गए थे। मेरे मित्र ने उसी क्षण संगीता बनर्जी से मेरा परिचय कराया था। मुझे आज भी अच्छी तरह याद है मेरा नाम सुनते ही संगीता बनर्जी चौंक गई थीं, 'अच्छा, तो आप ही हैं श्रीवास्तवजी! मैं आपसे बहुत दिनों से मिलना चाह रही हूं। आपसे मिलकर मुझे हार्दिक खुशी हुई... ।'

और फिर विभिन्न पत्रिकाओं में छपी लगभग मेरी आधा दर्जन कहानियों की चर्चा उन्होंने खूब जमकर की। यहां यह कहने में मुझे तनिक भी संकोच नहीं कि मैं इस नगर से पिछले कई वर्षों से लिख रहा हूं; लेकिन संगीता बनर्जी ही इस नगर की पहली महिला थीं, जिन्होंने मेरी कहानियों के चलते मुझे

सम्मानित और आदरपूर्ण नजरों से देखा था। इसीलिए आज मेरे अन्दर यह बात दर्द बनकर उतर गई है कि वह मुझ मेरे सही सन्दर्भों में पहचान गई थीं। लेकिन उनका असली रूप मैं उनकी जिन्दगी में नहीं पाया था।

मुझ से परिचय हो जाने के बाद वह अक्सर मेरे पास आने लगी थीं। किन्तु मेरे पास वह सिर्फ इसलिए नहीं आती थीं कि उन्हें मेरे पास आना होता था। बल्कि मेरे मुहल्ले में अपनी संस्था के लिए वह जब भी चन्दा उगाहने आती थीं, मुझ से जरूर मिलती थीं। सहयोग के लिए वह मुझसे भी आग्रह करती थीं। पर न जाने क्यों, वह जब भी मेरे पास आती थीं, मेरा कहानीकार कहीं गुम हो जाता था। शहर में उनके बारे में फैली भ्रान्तियां मेरे जेहन में मंडराने लगती थीं। फिर मेरी आंखें उनकी चर्चित संगमरमरी देह और दूधिया हंसी पर टिक जाती थीं। वह मेरी कहानियों पर मुझसे बात करतीं। लेकिन यह सब मुझे पसन्द नहीं आता। मैं विषय बदल कर उन्हें नाश्ता कराने लगता तथा चाय पिलाने लगता। फिर दूसरी तरह की बातें शुरू कर देता, जो प्रायः मैं कभी किसीसे नहीं करता था।

आज जब मैं इन स्थितियों का मूल्यांकन करता हूं, तब मुझे लगता है कि अफवाहें चाहे जितनी झूठी ही क्यों न हों, आदमी के सामने एक मोटी-सी चादर बुन देती हैं, जिसके उस पार की दुनिया कुछ क्षणों के लिए एकदम ओझल हो जाती है।

मुझे अच्छी तरह याद है कि संगीता बनर्जी का 'अबला-निकेतन' नामक संस्था के नाम पर कोई चन्दा नहीं दे रहा था। उनकी बदनाम जिन्दगी से फायदा उठाकर लोग इसी एवज में चन्दा के नाम पर कुछ दे देते थे, जो चन्दा कम, उनके खुद का मूल्य ही अधिक होता था। इसीलिए तत्काल ही यह खबर सनसनी की तरह पूरे शहर में फैल गई थी कि संगीता बनर्जी चन्दे के नाम पर 'धन्धा' करने लगी हैं। फिर भी संगीता बनर्जी न तो कहीं से टूटी थीं और न हताश ही हुई थीं। उसी लगन व निष्ठा के साथ संस्था के निर्माण में संलग्न रही थीं।

आज संस्था के पास अपनी जमीन, अपनी बिल्डिंग और चारदीवारी

है। लेकिन तब संगीता बनर्जी ने अपने किराये के उसी छोटे मकान में संस्था की स्थापना की थी। उनके द्वारा बुलाई गई आम सभा के चौथे महीने बाद ही उनके मकान के सामने 'अबला-निकेतन' की तख्ती टंग गई थी। लेकिन इस तख्ती से लोगों में किसी तरह सरगर्मी पैदा नहीं हुई थी। लोगों ने समझा था कि खड़ी होकर पानी के बुलबुले की तरह विलीन हो जाने वाली इस नगर की हजारों संस्थाओं की तरह ही इसका भी हश्र होगा।

लेकिन आज मुझे लगता है कि इस संस्था की निर्माणकर्ता संगीता बनर्जी की जिंदगी को न पहचान पाने के कारण ही लोगों ने ऐसा समझा था, अब जबकि वह अपनी स्थूल जिन्दगी को एकदम परे ढकेलकर, अपनी स्थापनाओं के माध्यम से सामने आ गई हैं, हर मन में उनके प्रति पाली गई गलतफहमियां दूर हो गई हैं।

संगीता बनर्जी ने अपनी संस्था की पहली वर्षगांठ पर पुनः एक सभा का आयोजन किया था। उस सभा में बोलते हुए संगीता बनर्जी ने यह आंकड़ा प्रस्तुत किया था कि इस प्रथम साल के शुभारम्भ में ही पचीस असहाय, निरुपाय और अनाथ लड़कियां तथा बीस विधवाओं की शादी इस संस्था ने की है। साथ ही ग्यारह लावारिस, बहिष्कृत और परित्यक्ता महिलाओं को इसने आश्रय दिया है।' इस आंकड़े को लोग अविश्वासभरी निगाह से न देखें, इसके लिए संगीता बनर्जी ने उपर्युक्त सभी महिलाओं के नाम और पूर्ण पते प्रस्तुत किए थे।

अपनी आस्थापूर्ण और गम्भीर आवाज में संगीता बनर्जी ने आगे कहा था कि संस्था अपने इस आंकड़े को अपनी उपलब्धि नहीं बताती है, बल्कि सिर्फ यह सूचना देती है कि उसने अपना कार्य-क्षेत्र शुरू कर दिया है। और आप जानते ही हैं कि किसी भी कार्य की शुरुआत ही सिर्फ मुश्किल होती है।

संगीता बनर्जी के इस आंकड़े ने सचमुच मेरे शहर के लोगों को परिवर्तित होने के लिए बाध्य कर दिया था, क्योंकि बातें और वायदे झुठलाए जा सकते हैं, ठोस प्रमाण नहीं झुठलाए जा सकते। इस बात का एहसास मुझे आज नहीं, उनकी संस्था की पहली वर्षगांठ के दिन ही हो गया था कि उनके ऊपर से

बदनामी की चादर धीरे-धीरे सरकने लगी है। लेकिन तब इसके मूल में जाकर इसके औचित्य को प्रकाश में लाने की मैंने कोशिश नहीं की थी।

संगीता बनर्जी ने पर्चों द्वारा अपनी संस्था के नियमों को हर जगह प्रचारित कर दिया था। उनकी सस्था के नियम निम्नलिखत हैं :

(1) कोई भी लड़की, चाहे जिस तरह से अविवाहित रहने की स्थिति में आ गई हो, वह इस संस्था में अपना नाम दर्ज कराए। कोई जरूरी नहीं कि हर लड़की को इस संस्था में रहना ही होगा। वह अपनी सुविधानुसार कहीं भी रह सकती है। लेकिन संस्था के हर बुलावे पर उसे आना होगा। यह संस्था वर्ष भर के अन्दर उसकी शादी की गारण्टी लेती है।

(2) विधवाएं, चाहे जिस उम्र की हों, जिस समस्या से आक्रान्त हों, इस संस्था में पधारें या लिखें। यह संस्था उनकी इच्छानुसार, उनकी शादी तथा उनका इलाज करेगी और उन्हें रोजगार देगी।

(3) वे लावरिस औरतें, दुनिया में जिनका कोई नहीं है, समाज ने जिन्हें ठुकरा दिया है, पति और परिवार ने जिन्हें भगा दिया है वे इस संस्था में आएं। यह संस्था उनकी बाट जोह रही है। उनकी समस्या को समझते हुए यह संस्था उन्हें उचित रास्ता देगी, ऐसा इस संस्था ने संकल्प लिया है।

(4) यह संस्था जाति और धर्म ही नहीं, बल्कि रूढ़ियों और संस्कारों को भी ठुकरा चुकी है। इस संस्था में आने से पहले हर महिला को इनसे मुक्त हो जाना है।

(5) यह संस्था कभी और किसी समय बन्द नहीं रहती है। रात-दिन आपकी सेवा में कर्तव्य रत है। आप जब चाहें, पधारें। इस संस्था में आपका स्वागत है।

संगीता बनर्जी अपनी संस्था के इन नियमों की सफलता के लिए बहुत कुछ करती थीं। संस्था के अन्दर उन्होंने छोटे-मोटे कई उद्योग शुरू कर दिए थे। इसी संस्था ने पहली बार इस शहर में हाथ के बुने स्वेटर बेचने शुरू किए थे। साथ ही ग्राहकों की पसन्द के अनुसार इस संस्था में विभिन्न तरह के स्वेटर की बुनाई तथा कपड़ों की सिलाई शुरू हो गई थी।

इस संस्था की महिलाओं को उनकी मनपसन्द शिक्षा भी दी जाने लगी थी। इस संस्था की कुछ पढ़ी-लिखी महिलाओं ने टाइप का प्रशिक्षण ले लिया था। संस्था ने उनके लिए कुछ टाइपराइटर खरीद लिए थे। इससे संस्था को अच्छी आमदनी होने लगी थी। अक्सर हिन्दी और अंग्रेजी के अच्छे टाइप के लिए लोग इस संस्था में पधारते थे और आज भी पधारते हैं। यहां इस बात का जिक्र भी बेहद जरूरी हो गया है कि इस संस्था के अन्दर किसी भी पुरुष के प्रवेश की सख्त मनाही थी और है। मुख्य द्वार के पास ही अनेक खिड़कियां हैं, जहां से ग्राहकों से निपट लिया जाता है।

संगीता बनर्जी अपनी संस्था की विवाहेच्छुक महिलाओं के नाम, उम्र और योग्यता का विज्ञापन अखबारों में प्रायः हर महीने ही देती थीं। वह सिर्फ स्थानीय अखबारों में ही नहीं, बल्कि इस देश के कई प्रमुख अखबारों में यह विज्ञापन देती थीं। फिर जिस तरह मल्होत्रा के विज्ञापन पर वह इस शहर में आई थीं, उसी तरह इन महिलाओं के विज्ञापन पर अनेक पुरुष अभ्यार्थी आवेदन-पत्र देते थे। संगीता बनर्जी आवेदनकर्ताओं को अच्छी तरह परखकर उन्हें साक्षात्कार के लिए बुलाती थी और कानूनी तरीके से अपनी संस्था की महिलाओं की शादी उनसे करती थीं।

आज जब मैं संगीता बनर्जी की इस संस्था की उत्तरोत्तर लोकप्रियता के कारणों पर विचार करता हूं, तो मुझे लगता है कि बदलते युग-बोध ने अनेक जीवन-मूल्यों को बदल दिया है, जिससे बहुत हद तक आदमी अपनी पूर्वापर स्थितियों से भी बरी हो गया है। मेरा ख्याल है कि जागरूक युवा वर्ग की यह समझ हो गई है कि दहेज और जाति पांति के बंधनों को ठुकराकर शादी करें। लेकिन एक सवाल भी इसके साथ ही है कि आखिर वे शादी करें तो कहां करें? क्या कोई लडका यों ही किसी लड़की के सामने प्रस्ताव रख दे? नहीं। क्योंकि कोई जरूरी नहीं कि वह लडकी उस लडके से सहमत होगी। इसी तरह उपर्युक्त विचारों वाली किसी लड़की का किसी लडके के सामने प्रस्ताव रखना भी बेवकूफी है, क्योंकि लडके की समझ लडकी की समझ से मेल खाएगी, इसकी कोई गारण्टी नहीं। लडके लड़की

समान समझ के हैं यह जानकारी हासिल करना बहुत कठिन काम है। और जब तक यह जानकारी हासिल नहीं होती है, 'रूढ़िमुक्त शादी' की कल्पना ही बेकार है। लेकिन संगीता बनर्जी ने इसकी कल्पना को मूर्त रूप दे दिया है। उनकी संस्था इस काम का माध्यम बन गई है। सिर्फ समान समझ के महिला-पुरुष ही उनकी संस्था में जाते हैं, जिनका एक-दूसरे के प्रति समर्पित हो जाना अनिवार्य ही है। शायद यही कारण है कि यह संस्था लोकप्रियता की आखिरी ऊंचाई को छूने जा रही है।

संगीता बनर्जी इस संस्था की महिलाओं की एक छोटी-सी टुकड़ी को लेकर, इस संस्था के लिए चन्दा उगाहने तथा इसका प्रचार करने, इस शहर से बाहर के शहरों, कस्बों तथा गांवों में भी जाती थीं। इस क्रम में उन्हें पर्याप्त सफलता भी मिली थी। उनके बाद भी यह परम्परा कायम है।

इस संस्था की हर वर्षगांठ, पहली वर्षगांठ से अधिक धूमधाम के साथ मनाई जाती थी। और ताज्जुब यह कि हर वर्षगांठ के बाद संगीता बनर्जी की बदनाम जिन्दगी लोगों के दिलो-दिमाग और जुबान से उतरती जाती थी। शायद संस्था के चकाचौंध से ही ऐसा हो रहा था, क्योंकि मुझे अच्छी तरह याद है, उनकी संस्था की ग्यारहवीं वर्षगांठ तक उनकी पूर्वापर जिन्दगी प्रायः लोगों के दिमाग से लुप्त हो चली थी।

संगीता बनर्जी के अन्तिम दिन बहत आराम से गुजरे थे। इसके लिए मुझे हार्दिक खुशी है। लेकिन इसके मूल में इला भाटिया का उनके जीवन में आना ही है। इला भाटिया के आने से पहले वह इस बात के लिए चिन्तित रहती थीं कि उनके बाद उनकी संस्था टूट-बिखर जाएगी। लेकिन इला भाटिया के आ जाने से उन्हें आन्तरिक सन्तोष मिला था। अपने जीवन-काल में ही वह इला भाटिया की कार्य-कुशलता और इस संस्था के प्रति उनकी आन्तरिक सम्बद्धता को काफी गहराई से जांच-परख चुकी थीं।

इला भाटिया एक ऐसी महिला हैं, जिनको दो बार शादी इस संस्था ने की थी। लेकिन उनके दोनों पति दुर्भाग्य से आकस्मिक मृत्यु को प्राप्त हो गए थे। संगीता बनर्जी ने उनकी तीसरी शादी करनी चाही थी, लेकिन इला भाटिया ने

अस्वीकार कर दिया था। तब से इला भाटिया इस संस्था को पूर्णत: समर्पित हो गई है। वह काफी पढ़ी-लिखी तथा सुलझे विचारों वाली हैं। संगीता बनर्जी की तरह उनका व्यक्तित्व व्यापक और बहमुखी तो नहीं है फिर भी किसी न किसी रूप में संगीता बनर्जी की प्रखरता को वह पा गई हैं, जो उनके व्यक्तित्व की सबसे बड़ी विशेषता है

संगीता बनर्जी की इस मशहर संस्था की पच्चीसवीं वर्षगांठ समारोह से मैं अभी-अभी लौटा हूं। सचमुच इस बार आयोजन व्यापक और भव्य था। संगीता बनर्जी की मूर्ति अनावत्त करने के लिए इस देश के एक महान साहित्यकार को बुलाया गया था। साथ ही इस नगर के बाहर के नगरों, कस्बों और गांवों से दर्शक के रूप में असंख्य लोग आए थे। इस संस्था को प्रकाश में लाने के लिए स्थानीय तथा बाहर के प्रमुख अतिथियों ने अपना-अपना भाषण भी दिया था।

लेकिन इला भाटिया के आग्रह करने पर भी मैं कुछ नहीं कह सका था, क्योकि संगीता बनर्जी की प्रतिमा अनावृत्त हो जाने के बाद मैं होशहवास खो बैठा था। वही ताजगी...वही रौनक...मुस्कराती हुई वही आंखें...चेहरे का वही अन्दाजे बयां! नहीं, यह सब कुछ मुझसे और नहीं सहा जाएगा...।

और मैं सभा विसर्जित होने से पहले ही चुपके से वहां से खिसक गया था। किन्तु उनकी आंखें दूर तक मेरा पीछा करती रही थीं। साथ ही कानों में माइक पर गरजती इला भाटिया की आवाज गूंज रही थी, "हर्ष के साथ यह संस्था आपको सूचित कर रही है कि इस नगर के बाहर के कई नगरों में इसी साल से यह अपनी शाखाएं खोलने जा रही है। पूरे देश में यह अपने को पसार दे, यही इसका दायित्व है। संगीता बनर्जी ने इस दायित्व को मद्देनजर रखते हुए इस संस्था की स्थापना की थी। अब जबकि वह नहीं हैं, उनके सपने को हमें साकार बनाना है।"

मैं तेज-तेज कदम बढ़ाते हुए अपने घर की ओर चल पड़ा था। लेकिन यहां आकर भी मुझे शांति नहीं है। संगीता बनर्जी की बड़ी-बड़ी खुली आंखों

ने मुझे अन्दर से रेत दिया है। मैं भीतर ही भीतर घुट रहा हूं। लग रहा है, जैसे चोरी करते हुए सरेआम पकड़ लिया गया हूं। काश, इस शहर के तमाम लोगों को तरह मैं भी अतीत को भूल चुका होता!

लेकिन नहीं, मेरे साथ ऐसा नहीं हुआ। शायद यह मेरे भाग्य की विडम्बना थी कि मुझे अपनी भूल के लिए अन्दर ही अन्दर घुटन था। खैर... सुना है, गलती स्वीकार लेने तथा अपनी व्यथा दूसरों से कह देने से आदमी हल्का हो जाता है। तो सुनिए, संगीता बनर्जी को उनकी संस्था के लिए, चाहे जिस तरह का सहयोग और मदद मैंने उन्हें दिया था, वह उनकी संस्था के नाम पर नहीं, बल्कि उनके नारी-तन के कारण, जिसके लिए आज मुझे गहरा दुख है। लेकिन यह दुख सिर्फ इसलिए नहीं है कि मैं उनका निकटतम बना, बल्कि इसलिए कि तब मैं उन्हें पहचान नहीं पाया था।

नरेश बह्रू

आज अपने गांव की एक अजीब औरत से मैं आपका परिचय करा रहा हूं। उसका अपना नाम क्या है, मुझे मालूम नहीं। गांव का दिया हुआ उसका नाम नरेश बहू है। वह मेरे गांव में न तो बिटिया के रूप में किसी के घर जन्मी थी और न ही पतोहू के रूप में ही उसका आगमन हुआ था, बल्कि आज से पच्चीस साल पहले बगल वाले गांव से भागकर वह मेरे गांव आई थी और तब से आज तक वह निरंतर मेरे गांव ही रहती आ रही है।

मेरे गांव से बाहर, सड़क के किनारे जामुन का एक बहुत ही घना वृक्ष है। उसी वृक्ष के नीचे वह सारा दिन बैठी रहती है। वहां बैठकर बाहर से गांव आने वाले लोगों को वह चुपचाप निर्निमेष दृष्टि से घूरती रहती है। फिर जब शाम गहराने को होती है, किसीके आने की संभावना खत्म हो जाती है, तब वह गांव लौट आती है।

शुरू-शुरू में गांव के लोगों को उसका इस तरह बैठना ठीक नहीं लगा था। कई लोगों ने उसे टोका था। कुछ लोगों ने डांट भी लगाई थी। लेकिन उसने किसीकी एक न सुनी। सुबह-शाम अपने कामों से निबट वह रोज उस जामुन वृक्ष के नीचे आ बैठती। फिर एकटक गांव आने वाले राहगीरों को देखती रहती, उसका वहां बैठना और राहगीरों को एकटक देखना तब से आज तक निरंतर जारी है।

अब धीरे-धीरे गांव के लोग उसे पागल समझने लगे हैं। अकसर उसके बारे में बातचीत करते हुए वे उसे पागल संज्ञा से ही अभिहित करने लगे हैं।

लेकिन यही बात मुझे अखरने लगी है, क्योंकि पागलों की तरह की कोई भी हरकत वह नहीं करती है। पागलों की तरह का कोई भी व्यवहार उसमें किसीने आज तक नहीं देखा है। फिर उसे पागल कहना, उसके प्रति सरासर अन्याय नहीं तो और क्या है?

मुझे लगता है, मेरी तरह गांव के प्रायः सभी लोग यह जानते हैं कि जामुन वृक्ष के नीचे बैठकर वह किसकी प्रतीक्षा किया करती है? लेकिन जानबूझकर भी लोग अनजान बनने की कोशिश करते हैं। अपनी इस कोशिश में उस प्रतीक्षा किए जाने वाले व्यक्ति को इस गांव से बिलकुल भुला देने की एक चतुर साजिश मेरे गांववाले काफी समय से करते आ रहे हैं। पर मेरे साथ सच्चाई यह है कि चाहकर भी मैं उसे भूल नहीं पा रहा हूं। इसलिए समय रहते ही सीधे, सच्चे शब्दों में आपको मैं यह बता देना चाहता हूं कि वह पागल है या क्या है और जामुन वृक्ष के नीचे बैठकर वह किसकी प्रतीक्षा किया करती है?

बात बहुत पुरानी है। एक दिन मेरे गांव का एक युवक वीरू अपने खेतों में हल जोत रहा था। वह समय गर्मियों के मौसम का था। जेठ की चिलचिलाती दोपहरी थी और वीरू तेजी के साथ हल जोते जा रहा था। आषाढ़ की पहली बरखा से पहले ही वीरू अपने समूचे खेत को जोत देना चाहता था। इसीलिए पूरी शक्ति और पूरे मन के साथ वह जुट गया। पर मौसम अनुकूल नहीं था। फलतः शीघ्र ही वह थक गया। फिर रोज की भांति कुछ क्षण आराम करने के लिए सड़क के किनारे वाले महुआ गाछ के नीचे आ बैठा।

अभी मुश्किल से उसको बैठे हुए दस-पंद्रह मिनट भी नहीं हुए थे कि अचानक सड़क से हांफती हुई एक जवान औरत वहां आई। वह औरत वीरू के लिए बिलकुल अपरिचित थी। फिर भी वेश-भूषा और रंग-ढंग से वीरू को साफ लग गया कि वह घर-परिवार के अंदर की पर्दे के भीतर रहने वाली बहुरिया है।

वीरू के करीब आते ही वह भय और घबराहट के स्वर में रोते हुए बोली,

"भैया, मुझे बचा लो। वे पकड़ लेंगे तो मुझे जिंदा जला डालेंगे। उनके साथ अब एक मिनट भी मैं नहीं रहूंगी...अगर मैं जानती तो शादी से पहले ही जहर खा लिया होता।"

वीरू ने मुड़कर देखा। सचमुच उस औरत को पकड़ने के लिए कुछ लोग बहुत तेजी से आ रहे थे। इससे पहले कि वीरू उस औरत से कुछ पूछता, वे लोग भी आ धमके। उनकी संख्या तीन थी। उनमें से एक ने तेजी से आगे बढ़कर उस औरत के बाल पकड़ लिए। फिर कसकर उसके चेहरे पर एक तमाचा लगाया। इसके बाद उसे खींचते हुए ले चल पड़ा, "हरामजादी, भागकर कहां जाएगी...इज्जत बिगाड़ने पर ही तुली है... चल, तुझे इस बार काटकर आंगन में गाड़ नहीं दिया तो मेरा नाम नरेश नहीं..."

अब तक वीरू हतप्रभ खड़ा चुपचाप देखता रहा। उसे तो जैसे काठ मार गया हो। वह समझ नहीं पा रहा था कि क्या करे। लेकिन जब उस पुरुष के साथ घसीटती हुई जा रही औरत ने एक बार फिर पलटकर उसे देखा और अपनी रक्षा के लिए गिड़गिड़ाई, "भैया, मुझे बचा लो, मैं जिंदगी भर तुम्हें याद रखूंगी...ये कसाई इस बार मुझे जिंदा नहीं छोड़ेंगे..." तब वीरू की सारी किंकर्तव्यविमूढ़ता खत्म हो गई। उसका पुरुष जाग गया। वह सिंह की भांति तेजी से लपका और एक ही झटके में उस औरत को उस पुरुष के चंगुल से मुक्त कर दिया। अब उस पुरुष के सामने वीरू था। औरत उसके पीछे हो गई थी।

"तुम इसे रोकने वाले कौन हो?" उस पुरुष ने गरजते हुए वीरू से पूछा।

"और तुम इसे बलात् ले जाने वाले कौन हो?" वीरू का जवाब भी एक गरजता हुआ सवाल बन गया।

"मैं इसका पति हूं। यह मेरी पत्नी है।" उस पुरुष ने चिल्लाकर अपने अधिकार से वीरू को वाकिफ कराया।

"लेकिन पत्नी का अर्थ भेड़-बकरी नहीं होता है।" वीरू ने सधे हुए लहजे में जवाब दिया।

"आखिर तुम कहना क्या चाहते हो?" वह पुरुष फिर गरजा।

'मेरे कहने का मतलब यह कि अब यह तुम्हारी पत्नी नहीं है। जब तक तुमसे निभ सकी, ठीक था। अब यह तुम्हारे साथ नहीं रहना चाहती है।"

"और यह फैसला करने वाले तुम हो?"

"नहीं, मैं फैसला करने वाला नहीं हूं। किंतु एक अबला की रक्षा करने से चूकूंगा भी नहीं।"

"तुम गुंडे हो...शोहदे हो...किसी की इज्जत बर्बाद करने पर तुले हो..."

"गालियां मत बको वरना.. जबान खींच लूंगा।"

"तू मुझे धमकी देता है...हट जा मेरे सामने से!" उस पुरुष ने वीरू को धक्का लगाया।

"तेरी ये मजाल!" वीरू दहाड़ उठा, "मैं तेरा खून पी जाऊंगा।" और वीरू ने अपने मजबूत हाथों से उस पुरुष का गला पकड़ लिया। उसके साथ के दोनों व्यक्ति जिनमें से एक मरियल बूढ़ा था और एक रोगी लगनेवाला दुबला-पतला युवक, अपने गांव की ओर भाग चले। इधर आस-पड़ोस के खेतों में काम करने वाले किसान हल्ला-गुल्ला सुनकर जुटने लगे। वीरू के खेत मेरे गांव से काफी नजदीक हैं और उस पुरुष का गांव भी वहां से करीब ही पड़ता है। इसीलिए बहुत जल्द ही दोनों गांवों में सनसनी की तरह यह खबर फैल गई। फिर दोनों गांवों के लोग वहां तेजी से जुटने लगे। देखते-देखते कुछ क्षणों में ही वहां लोगों की भीड़ उमड़ पड़ी। फिर बातों-बातों में ही लोग तैश में आ गए। सवाल वीरू और उस पुरुष के झगड़े का नहीं रहा। सवाल एक गांव से दूसरे गांव का मोर्चा लेने का हो गया। उस पुरुष के गांव के युवकों ने ऐलान किया, "यह औरत हमारे गांव की बहू है। हमारे गांव की इज्जत है। हम इसे किसी भी सूरत में अपने गांव ले जाएंगे।"

मेरे गांव के युवकों ने जवाब दिया, "यह औरत चाहे किसी भी गांव की क्यों न हो जब यह जाना चाहती है तब आप इसे ले जा सकते हैं, वरना इसे जबरन हम कभी नहीं ले जाने देंगे।"

"शरणागतानाम् रक्षा परमो धर्मः'—मेरे गांव के एक पंडितजी ने इस श्लोक का उच्चारण भी कर दिया। बस, फिर क्या था, दोनों ओर के युवक

अपने-अपने गांव की शान रखने के लिए सिर पर कफन बांधकर सामने आ गए। भाले और गड़ासे दोनों ओर से चमक उठे। कई बंदूकें भी कंधों पर आ गईं। इससे पहले कि खून का दरिया बहता, दोनों ओर के बुजुर्ग युवकों को पीछे धकेलकर बीच में आ गए। क्योंकि मेरे गांव और उस पुरुष के गांव के काफी लोग एक-दूसरे के परिचित थे, दोनों गांवों में काफी पटती भी थी, इसीलिए बुजुर्ग दोनों गांवों के बीच खून-खराबी होने देना नहीं चाहते थे। मेरे गांव के बुजुर्ग काफी अनुनय-विनय और मुलायम स्वर में उस पुरुष के गांव के बुजुर्गों से बोले, "आप लोग इस औरत को ले जा सकते हैं...यह औरत आपके गांव की ही इज्जत है...इसे रोकने का हमारा कोई अधिकार नहीं है...लेकिन यह एक मानवीय जिंदगी है, इसीलिए हम जरूर यह जानना चाहेंगे कि इज्जत से कोई जिंदगी बड़ी होती है या छोटी?"

हमारे गांव के बुजुर्गों के इस सवाल पर उस पुरुष के गांव के बुजुर्ग एकदम निरुत्तरित हो गए। फिर देर तक सहानुभूतिपूर्ण और आपसी समझौते की बातें दोनों ओर से चलती रहीं। अंतत: उस औरत को छोड़कर ही उस गांव के लोगों को लौटना पड़ा। वह औरत हमारे गांव आ गई। उस औरत का पुरुष हार गया था। दरअसल, उसके आतंक और मनमानी की चरम सीमा जो आ गई थी। और वीरू जीत गया था। असल में, उसकी लड़ाई बलात्कार और शोषण के खिलाफ जो थी। मानवीय हक के लिए बलात्कार और शोषण के खिलाफ लड़ी जाने वाली लड़ाई की तो जीत होती है न?

हां, तो उस दिन वीरू के खेत के पास से शाम को मजमा हटा। शाम गहराने के बाद मेरे गांव के लोग वापस लौटे। उनके चेहरे पर हर्ष और उल्लास की रेखाएं थीं। गर्व से वे सीना फुलाए हुए थे। वे बलात् और शोषण के खिलाफ लड़ी जाने वाली लड़ाई में एक औरत को जीतकर ले आए थे।

गांव में घुसने के बाद हर घर की खिड़कियों और दरवाजों पर औरतें आ जुटी थीं। ढेर सारी औरतें तो गलियों में भी उतर गई थीं। दरअसल वे उस औरत को अच्छी तरह देख लेना चाहती थीं, जिसके कारण दो गांवों के बीच

खून का दरिया बहने वाला था।

शाम के गहराते अंधेरे में उस औरत को राम बुझावनसिंह के दालान पर ले जाया गया। राम बुझावनसिंह मेरे गांव के सबसे ऊंची पगड़ी के व्यक्ति हैं। सारा गांव उनकी इज्जत करता है। सरकार द्वारा जमींदारी छीन लिए जाने के बाद भी अभी उनके पास इतने खेत और इतनी जायदाद है कि समूचे गांव के ऊपर उनका रोबदाब पूर्वत: बना हुआ है। गांव में किसी भी तरह की वारदात होती है या कोई भी समस्या सामने आती है, राम बुझावनसिंह के दालान पर ही उसका फैसला होता है।

राम बुझावनसिंह के सामने उस औरत को पेश किया गया। अब तक हर फैसले की भांति इस बार भी गांव के लोगों का जमघट वहां लग चुका था। औरतें, बच्चे, बड़े, बूढ़े सभी राम बुझावनसिंह के दालान पर जुट गए थे। मसनद के सहारे आराम से बैठे राम बुझावनसिंह कुछ क्षण तक उस औरत को देखते रहे। फिर उन्होंने अपना पहला सवाल उछाल दिया, "तुम अपने पति के घर से क्यों भागी हो?"

उसने कोई जवाब नहीं दिया। माथा झुकाए वह चुपचाप खड़ी रही। भीड़ पूरी तरह खामोश हो गई थी। असल में, राम बुझावनसिंह को ही नहीं, बल्कि सारे गांव के लोगों को इस सवाल का उत्तर चाहिए था। सभी यह जानने के लिए व्यग्र थे कि आखिर वह क्यों भागी है।

राम बुझावनसिंह पुनः बोल पड़े, "क्यों, चुप क्यों हो? डर रही हो?... अब तुम्हें कोई नहीं तकलीफ देगा...अब तुम स्वतंत्र हो। लेकिन यह तो बताओ, आखिर क्यों भागी हो, कहां जाओगी?"

इस बार भी वह कुछ नहीं बोली। चुपचाप पूर्वतः खड़ी रही। लेकिन लग रहा था जैसे अन्दर ही अन्दर छटपटा रही थी। इधर भीड़ भी बेचैन थी। सांस रोके लोग उसके उत्तर की प्रतीक्षा कर रहे थे।

राम बुझावनसिंह फिर बोल पड़े। इस बार उन्होंने अपना सवाल बदल दिया था, "अच्छा, यह बताओ, किस गांव की बेटी हो? तुम्हारे बाप का नाम क्या है? क्या तुमको तुम्हारे गांव पहुंचवा दिया जाए?"

इस सवाल को सुनते ही वह फफककर रो पडी। फिर रोते हुए ही बोली, "बाबू साहब, अगर मां-बाप ही होते, तब फिर मेरी यह हालत कभी न होती।"

"क्यों, क्या हुआ तुम्हारे मां-बाप को?"

"वे बचपन में ही मुझे छोडकर इस दुनिया से चले गए।"

"फिर तुम्हारी शादी किसने की?"

"चाचा-चाची हैं। उन लोगों ने ही मेरी शादी की। शादी के बाद दहेज में उन्होंने काफी सामान देना मंजूर किया था, लेकिन शादी हो जाने पर उन्होंने कुछ भी नहीं दिया। बस, इसीके चलते मेरे ससुराल वाले मुझसे नफरत करते हैं...आखिर मेरा कसूर ही क्या है मैं क्या कर सकती हूं...मेरी सास मुझे रोज। पिटती है...मेरा पति रोज शाम को दारू पीकर आता है और अपनी मां के कहे अनुसार मुझे दो-चार हाथ कसकर लगाता है। वे मुझे मार-मारकर ही दहेज न मिलने का गुस्सा उतार रहे हैं।"

"तब तुम अपने चाचा-चाची को खबर क्यों नहीं करती हो?"

"मैंने खबर की थी, पर उन्होंने कोई सुनवाई नहीं की। फिर भागकर एक बार वहां गई थी। लेकिन उनकी अपनी औलाद होती तब तो वे शरण देते...मुझे आंगन में एक क्षण भी उन्होंने खड़ा नहीं होने दिया था, 'इज्जत चली जाएगी...भागकर आई है...गांव क्या कहेगा? उल्टे पांव लौट जा,' और मजबूरन मैं पुनः ससुराल ही लौट आई थी...लेकिन अब मैं एक मिनट भी ससुराल नहीं रहना चाहती हूं। भले ही मांग-खाकर किसी गांव में जीवन बिता लूंगी, किंतु अब वहां नहीं जाऊंगी। मेरी सास मुझे जिंदा ही खा जाना चाहती है, मेरा पति मेरे साथ जानवरों की तरह व्यवहार करता है।" उस औरत ने आंचल हटाकर अपनी पीठ राम बुझावनसिंह के सामने कर दी थी। लोग देखकर दंग रह गए थे। उसकी सारी पीठ जख्मों से भरी थी। उसकी पीठ के काले-काले जख्म, उसकी सास और उसके पति के अत्याचार की जीवंत कहानी बता रहे थे।

राम बुझावनसिंह ने ऐलान किया, "अब तुम शांति से रहो। अब तुम्हें

कोई तंग नहीं करेगा। इतने बड़े गांव में एक पेट के लिए तुम्हें तकलीफ नहीं उठानी पड़ेगी। इस गांव में तुम कहीं भी रह सकती हो। आज मेरे घर जाकर सोओ। कल सुबह जहां इच्छा हो, रहना।" इसके बाद सभा खत्म हो गई। राम बुझावनसिंह ने नौकर को इशारा दिया। राम बुझावनसिंह का नौकर उस औरत को लेकर हवेली के अंदर चला गया। अब भीड़ बिखरने लगी। लोग टुकड़ों-टुकड़ों में बंटकर अपने-अपने घर की ओर चल पड़े। फिर हर घर के आसपास वाली बैठकें गर्म हो गईं।

अकसर रात के नौ बजते-बजते सभी बैठकें खत्म हो जाती थीं। लेकिन उस दिन रात के बारह-एक बजने के बाद भी लोग बैठकों से उठना नहीं चाहते थे। असल में, गांव की बैठकों के लिए लोगों को खूब जबरदस्त मसाला मिल गया था। कुछ लोग अपने गांव की शक्ति और एकता की तारीफ कर रहे थे। कुछ लोग उस औरत के साहस का गुणगान करने में जुटे थे। कुछ वैसे लोग भी थे, जो उस औरत की जवानी और भावी संबंध की कल्पना व्यक्त कर रहे थे। कुछ लोग उसके भागने का मूल्यांकन करने लगे थे। अधिकांश लोगों के अनुसार उसका भागना सही ही साबित होता था, लेकिन अपवादस्वरूप कुछ वैसे लोग भी थे, जो उसके भागने को गलत करार दे रहे थे। इसी तरह बातें उस औरत और गांव की उस अविस्मरणीय घटना के इर्द-गिर्द ही चक्कर काट रही थीं। फिर पता नहीं कब, अपने-आप बातें वीरू के ऊपर केन्द्रित हो गईं। दरअसल, उस औरत की तरह ही उस घटना में वीरू की भी महत्वपूर्ण भूमिका थी। लेकिन क्योंकि वीरू मेरे गांव का था, इसीलिए मेरे गांववासी शुरू में उस औरत के ऊपर ही केंद्रित रहे। किंतु धीरे-धीरे घटनाक्रम के अनुसार वे स्वत: वीरू के ऊपर लौट आए। और फिर इस तरह लौटे कि हर बैठक की चर्चा का विषय वीरू हो गया, हर होंठों पर वीरू का नाम उभर आया।

वीरू! मेरे गांव का एक संघर्षशील और कर्मठ युवक। वीरू! जिसने जिंदगी में कभी समझौता करना नहीं जाना। वीरू! जिसके सामने निरंतर कठिनाइयां खड़ी होती गईं और वह कठिनाइयो को रौंदता गय। वीरू! जिसने गांव और वहां के लोगों के हक में कोई भी गलत काम नहीं किया। उस वीरू

को गांव ने क्या दिया, मुझसे मत पूछिए। मुझे चिता है, कहीं वीरू की असली कहानी भी मैं कह पाऊंगा या नहीं? मैं खुद वीरू से किस रूप में जड़ा था, और मेरी क्या भूमिका थी, यह भी आप मत सुनिए। कृपया इस बार इस बात के लिए मुझे माफ कर दीजिए कि अपनी कुछ अन्य कहानियों की भांति इस कहानी में मैं अपनी भूमिका आपको नहीं बता पाऊंगा।

हां, तो वीरू का पूरा नाम वीरेंद्रकुमार सिंह था। लेकिन सारा गांव उसे वीरू-वीरू ही कहता था। उसके पिता मेरे गांव के एक बिलकुल निराले किस्म के व्यक्ति थे। उनके पास काफी पुश्तैनी जमीन और जायदाद थी। लेकिन अपनी जमीन और जायदाद को संचित करके रखना तथा कायदे से उसका इस्तेमाल करना वे नहीं जानते थे। असल में, वे जानते भी तो कैसे? अपने खून और पसीने की कमाई ही को तो आदमी संचित करके रखना तथा तरीके से उसका इस्तेमाल करना जान पाता है। पुश्तैनी जगह-जमीन और विरासत में मिली जायदाद की परिणति तो भोग में ही खत्म हो जाना होता है। और इसीलिए वीरू के पिता के साथ भी ऐसा ही हुआ। वे दीन-दुनिया से तटस्थ, एक लंबे समय तक भोग में डूबे रहे। अपनी पुश्तैनी जगह-जमीन और विरासत की जायदाद को वे दोनों हाथों से लुटाते रहे।

तब उनके पास चमचों की एक अपार भीड़ थी। उनकी एक आवाज पर गांव के कई चमचे उनके सामने हाजिर हो जाते थे। गांव में उनका रोब-दाब भी कायम हो गया था। गांजा-भांग और खोआ-मलाई के लिए उन की बैठक चर्चनीय बन गई थी। लेकिन सुनते हैं, भोगवाद की आंखें अंधी होती हैं। शायद इसीलिए वीरू के पिता भी अंधे हो गए थे। यह उनके अंधेपन का ही सबूत है कि शराब का अनियंत्रित दौर चलने लगा था और इलाके की नामी-गिरामी वेश्याएं उनके सामने थिरकने लगी थीं। फिर क्या था? वे शीघ्र ही लुट गए थे। जैसाकि इतिहास बताता है, इस क्रम में बड़े-बड़े महाराजा लुट गए हैं। फिर वीरू के पिता की औकात ही क्या थी?

और उनका लूटा जाना चारों तरफ से हुआ। दो-चार बीघे खेत छोड़कर सारा धन-दौलत खत्म हो गया था। इस बीच पत्नी भी उनको छोड़कर स्वर्ग

सिधार चुकी थी। उनकी पत्नी एक लंबे समय से बीमार रहती आ रही थी, लेकिन पत्नी के इलाज में उन्होंने कोई रुचि नहीं ली थी। शायद यह बताने की जरूरत नहीं कि भोगवाद का पहला लक्षण संबंधों में दरार पडना होता है। वे भोगवाद में लीन होकर पत्नी से बिलकूल विमुख हो गए थे और रोग-शैया पर पड़ी पत्नी ने कराह-कराहकर दम तोड़ दिया था।

पत्नी की मत्यु के बाद उनके चमचों ने उनके लिए कहीं से एक बदचलन औरत ला दी थी। वह औरत पेशेवर जिस्मबाज थी। उसको लेकर मेरे गांव में हजारों कहानियां प्रसिद्ध हैं लेकिन स्थानाभाव के कारण यहां किसी भी कहानी का जिक्र मैं नहीं करूंगा। बस, आप सिर्फ इतना ही जान लें कि वीरू का जन्म उसी औरत की कोख से हुआ था।

वीरू को एक साल का छोड़कर ही वह औरत गांव के एक जुआरी के साथ भाग गई थी। फिर तब से आज तक वह गांव कभी नहीं लौटी। काफी समय बाद वह जुआरी लौटा था। तब वह बिलकुल अपाहिज हो गया था। उस औरत ने उसे बिलकुल बर्बाद करके छोड़ा था। कभीकभी उस औरत को लकर मैं बहुत परेशान हो जाता हूं कि आखिर उसको किसने बर्बाद किया था, जिसका बदला चुकाने के लिए वह कई-कई लोगों को बर्बाद कर रही धी। खैर...यहां छाड़िए, यहां उसकी चर्चा अप्रासगिक होगी। किसी दूसरी कहानी में मैं उससे आपको मिलाऊंगा।

हां, तो वीरू का लालन-पालन उसके मस्तमौजी किस्म के पिता ने ही किया था। लेकिन तब उसके पिता की सारी मस्ती उतर चुकी थी। एक खास समय के भीतर ही उनका सब कुछ लुट चुका था। अभावों ने उनकी जिंदगी की गाड़ी को पूरी तरह जकड़ लिया था। उनके पास फटकनेवाले चमचे अब उनसे बिलकुल दूर हट गए थे। अब वे उन्हें देखना भी नहीं चाहते थे। भोगवाद के कारण उनके शरीर की शिथिल हई इंद्रियां भी रोगग्रस्त होने लगी थीं। किसी तरह अपने शेष बचे दो-चार बीघे खेत से वे अपना पेट भर रहे धे और वीरू के बचपन को किशोरावस्था की ओर बढ़ा रहे थे।

गांव के बड़े-बुजूर्ग बताते हैं कि वीरू के पिता के अंतिम दिन बहुत कष्टपूर्ण थे। वे कुछ अति भयानक और असाध्य बीमारियों से इस कदर ग्रसित हो गए थे कि कोई उनके पास एक क्षण खड़ा होना भी स्वीकार नहीं कर पाता था। लेकिन यह उनका सौभाग्य था कि ऐन मौके पर वीरू बचपन को लांघकर किशोरावस्था में आ गया था। फिर उनकी सेवाटहल होने लगी थी। वीरू रात-दिन उनकी सेवा में लगा रहता। उन्हें खाट से उठाना-बैठाना, खिलाना-पिलाना सब कुछ वीरू करता।

सुनने में आता है कि वीरू के पिता ने अपनी जिंदगी के अंतिम दिनों में इस बात के लिए ढेर-सारा पश्चात्ताप किया था और ढेर सारे आंसू बहाए थे कि वीरू के लिए उन्होंने कुछ भी नहीं किया। मरते वक्त उन्होंने अपने शेष बचे खेत वीरू के नाम कर दिए थे। लेकिन इससे उन्हें तनिक भी संतोष नहीं हुआ था। उनकी जिदगी के अंतिम दिनों में पुत्र की जो भूमिका वीरू ने अदा की थी, उस हिसाब से पिता की भमिका में वे बिलकुल चुक गए थे।

उनके मर जाने के बाद वीरू एकदम अकेला बच गया था। उसे ऐसी स्थितियों के बीच से गुजरना पड़ा था कि वह कुछ भी पढ़-लिख नहीं सका था। अपना पेट चलाने और अपनी अकेली दुनिया आबाद करने के लिए उसने नये सिरे से खेती-गृहस्थी का सिलसिला प्रारंभ किया। पहले जब उसके पिता जिंदा थे, खेत ठीका-बटाई पर दे दिए जाते थे। जो कुछ अनाज मिलता था, उससे गुजर-बसर होता था। लेकिन पिता की मृत्यु के बाद वीरू स्वयं खेती-गृहस्थी में उतर आया। शुरू-शुरू में तो उसे मुंह की खानी पड़ी। वह खेती-गृहस्थी के क्षेत्र के लिए एकदम नया था। फलतः बहुत कम अनाज ही वह पैदा कर सका। इसपर गांव के चोर-बदमाशों ने उसे कमजोर और अकेला समझकर उसके कम अनाज का आधा हिस्सा भी गायब कर दिया। फिर भी वह टूटा नहीं। उस पहले साल तकलीफ और परेशानियों के बीच वह जरूर घिर गया। लेकिन धीरे-धीरे अपनी संघर्ष क्षमता और अपनी मेहनत के बल पर वह अपनी हर मुश्किल को आसान बनाता गया।

क्योंकि उसकी पैदाइश एक बदचलन औरत की कोख से हुई थी,

इसीलिए सारा गांव उससे घृणा करता था। लोग उसके साथ उठना-बैठना और खाना-पीना एकदम स्वीकार नहीं करते थे। गांव की सभाओं और उत्सवों में भी उसे शामिल नहीं होने दिया जाता था। वह गांव में रहकर भी एकदम अकेला था। उसे न तो किसी ने साथ ही दिया था और न किसीने अपना स्नेह-संरक्षण ही। फलतः धीरे-धीरे वह अपने गांव से कटता गया और अपनी खेती-गृहस्थी की दुनिया में जुटता गया।

वह किसीसे कुछ भी रिश्ता नहीं रखता था और न ही किसीसे कुछ अपेक्षा ही करता था। सुबह से शाम तक वह सारा दिन अपने खेतों में खटता रहता। शुरू-शुरू में तो उसे अपनी दुनिया उजाड़ और वीरान लगती। लेकिन बाद में खुला आकाश, तेजी से बहती हुई हवा, खेतों की सोंधी गंध और लहराती हुई फसलों ने उसे अपने साथ जोड़ लिया। फिर क्या था! वह गांव से बिलकुल कट गया। अपने खेत के एक कोने में ही उसने अपने रहने के लिए भी एक कोठरी बना ली।

उसे कुछ भी पता नहीं चलता, गांव में कब क्या हुआ? वह गांव जाता भी बहुत कम ही था—कभी, किसी आवश्यक कार्यवश ही। जिस तरह गांव ने उसके साथ उपेक्षा बरती थी, उसी तरह वह भी गांव के साथ उपेक्षा बरतने लगा था। वह गांव की किसी भी बात में रुचि नहीं लेता था। अपने को बराबर किसी न किसी काम में ही उलझाए रहता था। इस क्रम में उसे दो फायदे भी हुए थे। पहला फायदा तो यह कि दिनरात खेतों की देखभाल करते रहने के कारण उसकी फसलें आस-पड़ोस के सभी किसानों की फसलों से ज्यादा अच्छी होने लगी थीं। दूसरा फायदा यह हुआ कि अब चोर-बदमाश उसकी फसलों को अधिक तहस नहस नहीं कर पाते थे। हालांकि रातों में चोर जब भी उस बधार में जाते, तब उसके पास अवश्य चले आते। लेकिन उसकी अक्खड़ता और निडरता को देखकर उसे अपना गुरु समझ आगे बढ़ जाते।

काफी समय तक प्रकृति के सहचर्य में रहने के कारण उसे दो जबरदस्त चीजें उपलब्ध हुई थी—अक्खड़ व्यक्तित्व और खूब सुगठित भरपूर स्वस्थ शरीर। अब लोग उसे अकेला और असहाय नहीं समझते। उसके साथ

मनमानी और अत्याचार करते हुए भी लोग डरते। वह लौहपुरुष की तरह सर्दी-गर्मी और आंधी-पानी के बीच भी अपने खेतों में काम करता। अपने शरीर को उसने प्रकृति के बिलकुल अनुकूल बना लिया था। शायद यही कारण था कि बीमारी आदि की परेशानियों से वह बराबर बचा रहता।

उन दिनों गांव के लोग उसकी कसरती देह और निरंतर आठों पहर खटते रहने की चर्चा बराबर करने लगे थे। क्योंकि परिश्रम और मेहनत के बल उसने अपने खेतों की मिट्टी को बिलकुल उर्वरा बना दिया था। इसीलिए उसके आस-पड़ोस के किसान और गांव के कई अन्य लोग खेती-गृहस्थी के मामले में उसे साथ रखना चाहने लगे थे। लेकिन लोगों के लाख चाहने के बावजूद वह किसीके साथ नहीं हो सका, क्योंकि बचपन में ही गांव द्वारा मिले तीखे अपमान ने, गांव और वहां के लोगों के प्रति उसके मन में एक गांठ पैदा कर दी थी। उस गांठ के चलते ही वह गांव और वहां के लोगों की समस्याओं के बीच रुचि लेना नहीं चाहता था। लेकिन एक लंबे समय बाद, न चाहते हुए भी वह बगलवाले गांव से भागकर आ रही एक औरत के साथ हो रहे अत्याचार के खिलाफ कूद ही पड़ा था। पता नहीं, इसके लिए उसे प्रेरणा प्रकृति से ही मिली थी या जिंदगी से, मुझे ठीक-ठीक मालूम नहीं। शायद इसके बारे में मेरे गांव के अन्य लोग भी नहीं जानते हैं। लेकिन उसी दिन से सारे गांव की चर्चाओं का वह विषय बन गया। हर एक के होंठों पर उसका नाम उभर आया। हर बैठक में उसके अक्खड़ व्यक्तित्व और लौह-शरीर के किस्से शुरू हो गए।

जैसाकि आप जान चुके हैं, वीरू के पौरुष के चलते ही वह औरत मेरे गांव आई थी। लेकिन वीरू से अधिक मेरे गांव को श्रेय मिला, क्योंकि टक्कर एक गांव की दूसरे गांव से हो गई थी। पर इसके मूल में वीरू का ही पौरुष था। अन्याय के खिलाफ अपना पहला कदम वीरू ने ही उठाया था। मुझे पूरा विश्वास है, अगर वीरू के स्थान पर कोई होता तो वह स्थिति कभी नहीं आती, क्योंकि इस घटना के पहले, कभी भी मेरे गांव में किसी व्यक्ति को न्याय दिलाने के लिए कोई तीसरा आदमी खड़ा नहीं हुआ था।

बात आगे बढ़ी थी। वह औरत अब मेरे गांव में ही रहने लगी थी। हालांकि अपने पति नरेश के अत्याचारों से वह पूर्णतः मुक्त हो गई थी, लेकिन मेरे गांव के लोगों की मानसिकता अभी उतनी विकसित नहीं हुई थी कि नरेश के नाम से भी उसे मुक्त कर दे। शायद यही कारण था कि नरेश से अलग हो जाने के बाद मेरे गांव के लोग उसे नरेश बहू से ही संबोधित करने लगे थे। फिर धीरे-धीरे समूचे गांव में उसका यही नाम प्रचारित हो गया था।

शुरू-शुरू में नरेश बह दो-तीन दिनों तक राम बुझावनसिंह के घर रही थी। फिर गांव में घमने लगी थी। जल्द ही उसने गांव के सभी घरों से अपना परिचय कर लिया था। सभी घरों में उसका उठना-बैठना शुरू हो गया था, पर उसे चैन नहीं था। वह बेचैनी के साथ किसीको खोज रही थी। जब समूचे गांव में वह उसे नहीं मिला, तब वह गांव से बाहर खेतों में उसे ढूंढ़ने लगी। फिर गांव से बाहर, बियाबान खेतों के बीच एक दिन वह उसे मिल गया। वह वीरू था।

इस गांव में आने के तीन-चार दिन बाद से ही वह वीरू को ढूंढ़ने लगी थी। वैसे वह कभी किसीसे नहीं पूछती कि उसको इस गांव ले आने वाला युवक कहां है? लेकिन उसकी आंखें निरंतर उस युवक को ही खोज रही थीं और उसका मन उस युवक को अच्छी तरह जानने-समझने के लिए बेचैन था। आखिर वह कैसा और कौन-सा यूवक है? उससे तो उसका कोई भी परिचय नहीं था। फिर भी उस अपरिचित युवक ने ही उसकी मुसीबतों के बीच फंसी जिंदगी को किनारे लगाया था। और शायद इसीलिए उस युवक को देखने तथा उसको जानने-समझने की जिज्ञासा उसके मन में तीव्र हो गई थी।

जिस समय नरेश बहू वीरू के पास पहुंची, उस समय दुपहरिया तप रही थी। खेतों में काम करनेवाले प्रायः सभी किसान अपने घर चले गए थे। लेकिन वीरू का घर तो उसका खेत ही था। इसीलिए वह अपने खेत पर ही था। अपने खेत के पास ही सड़क के किनारे महुआ गाछ के नीचे उसी दिन की भांति आराम कर रहा था। लेकिन उस दिन तो नरेश बहू दुख तकलीफ और परेशानियों के कारण हांफते हुए वहां पहुंची थी; परंतु इस बार बहुत शांति और गंभीरता के

साथ वह आई थी। रास्ते भर उसे अनेक सवाल कचोटते रहे थे—वह उस युवक से कैसे बात करेगी? दोपहर में उसका अकेले आना—वह बुरा तो नहीं सोचेगा? अगर उसे चरित्रभ्रष्ट समझ लेगा, तब क्या करेगी? आदि-आदि।

बहुत सहमते हुए नरेश बहू महुआ गाछ के साये में उसके पास पहुंची। उसे देखते ही वह पहचान गया। इससे पहले कि नरेश बहू कुछ कहती, वह बोल उठा, "कैसी हो?"

"ठीक हूं।"

"अब तो कोई तकलीफ नहीं है?"

"नहीं।"

"यहां पुनः कैसे चली आई हो?"

"आपसे मिलने। आपने मेरे लिए बहुत कुछ किया है।"

"नहीं, ऐसी बात नहीं है। मैंने तुम्हारे लिए कुछ भी नहीं किया है। वह तो मेरा फर्ज था।"

"लेकिन लोग आज अपने फर्ज को कहां याद रख पाते हैं?"

"लोगों को छोड़ो। मुझे लोगों से कोई मतलब नहीं। मैं तो बराबर लोगों से दूर रहता हूं।"

"अकेले आपका जी लग जाता है? अकेलापन खलता नहीं?"

"अकेले कहां हैं। मेरे बैल हैं। मेरे खेत हैं। घर है। मिट्टी है। पानी है। खुली हवा है। खुला आकाश है।"

"मैं सब कुछ जान चुकी हूं। मुझे दुख है, गांव ने आपके साथ अन्याय किया है।"

"नहीं, गांव ने मेरे साथ कुछ भी नहीं किया है। मुझे गांव से कोई शिकायत नहीं हैं"—इस बार उसकी आवाज भरी गई थी, जिससे साफ जाहिर हो रहा था, उसे गांव से शिकायत है, लेकिन वह किसीसे कहना नहीं चाह रहा था। फिर दोनों मौन हो गए थे। एक लंबी खामोशी को भेदते हुए उसने पूछा, "गांव में अपने रहने और खाने-पीने का इंतजाम तो कर लिया है न?"

एक छोटी चुप्पी के बाद जवाब में कुछ सोचते हुए वह बोली, "अभी तो इधर-उधर ही खाना मिल जा रहा है, लेकिन अब कुछ करूंगी। मुझे ढेंकी से चावल कुटना आता है। जांते से गेहूं पीसना जानती हूं। घर-आंगन की झाड़-बहार तथा चौका-बर्तन भी कर सकती हूं। अपना पेट चलाने भर इस गांव में काम कर लूंगी। अभी तो किसी-किसीके घर औरतों के साथ ही रह जाती हूं लेकिन बाद में अपने रहने का इंतजाम भी कर लूंगी।"

इसके बाद पुनः वे दोनों चुप हो गए थे। फिर देर तक चुप रहे थे। अब तक शाम ढल चुकी थी। दिन में ठंडापन उतर आया था। किसान पुनः खेतों में आ गए थे। वीरू भी खेतों में जाना चाहता था। लेकिन नरेश बहू को अकेले छोड़कर जाना वह ठीक नहीं समझता था। शायद नरेश बहू ने भी भांप लिया कि वीरू उसके चलते खेतों में जा नहीं पा रहा है। अतः वह वीरू से विदा लेकर गांव की ओर चल पड़ी। अभी उस महुआ गाछ से आगे वह दो-तीन कदम भी नहीं बढ़ पाई थी कि वीरू ने आवाज लगाई, "सुनो!"

"क्या?" मुड़ते हुए वह वीरू की ओर ताकने लगी।

"मैं एक अजीब आदमी हूं। अपना पेट भरन के सिवाय मेरे पास कुछ भी नहीं है। फिर भी तुम्हें जब भी किसी बात की तकलीफ हो या किसी चीज की जरूरत लगे मुझे याद कर लेना" कहते हुए वीरू खेतों की ओर चल पड़ा। वह भी गांव की ओर मुड़ चली। लेकिन रास्ते भर वह पलट-पलटकर वीरू को देखती जाती। वीरू जैसा आदमी वह अपनी अब तक की जिंदगी में कभी नहीं देख पाई थी। वीरू उसे बिलकुल प्रकृति पुरुष जंचा था—इस दुनिया के छल-कपट और शोषण-प्रपंच से बिलकुल अलग, प्रकृति की तरह ही पवित्र और ईमानदार।

नरेश बहु ने यह साफ महसूस किया कि वीरू ने शोषण और अत्याचार से उसे मुक्त किया है, इसीलिए उसे इस बात की चिंता है कि कहीं फिर वह शोषण और अत्याचर के बीच फंस न जाए। नरेश बहू के मन में कहीं बहुत गहरे तक वीरू का पौरुष उतर गया। वह मन ही मन सोचने लगी, काश! वीरू जैसे लोग शुरू में ही उसकी रक्षा के लिए सामने आ गए होते, तो फिर उसकी यह दुर्गति कभी नहीं होती।

मेरे गांव में बात का बतंगड़ बनते देर नहीं लगती है। कोई कुछ देखे, न देखे, नमक-मिर्च मिलाकर बात को बेबात बना देता है। नरेश बहू के साथ भी ऐसा ही हुआ। जिस दिन नरेश बहू वीरू से मिलकर गांव लौटी, उसी दिन सनसनी की तरह यह खबर पूरे गांव में फैल गई कि नरेश बहू का वीरू से गलत संबंध है, कि वीरू को नरेश बहू ने फांस रखा है, कि नरेश बहू एक चरित्रहीन महिला है। कुछ लोगों ने तो यहां तक कहा कि नरेश बहू का वीरू से बहुत पहले का संबंध है, कि अकसर रातों में वह वीरू के पास आती थी, कि वीरू से सांठ-गांठ करके ही वह अपने घर से भागी थी, कि यही कारण था कि उसके लिए वीरू ने नरेश से लड़ाई मोल ली थी, आदि-आदि।

फिर नरेश बहू के साथ मेरे गांव के लोगों का वही सलूक शुरू हो गया, जो सलुक चरित्रहीन और बदचलन की उपाधि से ग्रसित हो जाने पर किसी भी महिला के साथ होता है। गांव के प्रायः सभी मनचले नरेश बहू को कामुक नज़रों से घूरने लगे। उसके साथ ठिठोली करना तथा उसे एकांत में पाकर छेड़ना लोगों ने शुरू कर दिया। उसकी मजबूरियां और उसकी असहाय-निरुपाय जिंदगी बहुत जल्द ही लोगों के दिमाग से लुप्त हो गई। उसकी जवानी और उसके नारीदेह के सामीप्य की बात ही लोगों के मन में उठने लगी। फिर उसे इस्तेमाल करने के लिए दुष्चक्रों और षडयंत्रों का जाल भी लोग बूनने लगे।

शुरुआत राम बुझावनसिंह के बड़े लड़के ने ही की। नरेश बहू को अपने घर चौका-बर्तन के लिए स्थायी रूप से उसने रख लिया। साथ ही उसके रहने के लिए अपने मकान के बाहर की एक कोठरी भी दे दी। हालांकि इससे पहले नरेश बहू ने गांव के कई घरों में अपना काम शुरू कर दिया था। अपने जीविकोपार्जन की समस्या वह हल कर चुकी थी; लेकिन राम बुझावनसिंह का बड़ा लड़का तो षड्यंत्रों के बीच उसे फंसाकर मनमानी करना चाहता था। इसीलिए उसने ऐसा किया।

शुरू-शुरू में जब नरेश बहू गांव आई थी और राम बुझावनसिंह ने दो-तीन दिन के लिए अपने घर उसे पनाह दी थी, यह बात गांव को समझ में आ गई थी, क्योंकि तब स्थिति ही कुछ और थी। लेकिन इस बार जब दोबारा राम

बुझावनसिंह के बड़े लड़के ने अपने घर नरेश बहू को रखने का इंतजाम किया, यह बात भी गांव को समझ में आ गई, क्योंकि यह स्थिति ही कुछ और हो गई थी। उस स्थिति और इस स्थिति के बीच का बदलाव गांव के लोगों ने सहज ही भांप लिया। शायद यही कारण था कि नरेश बहू को लेकर गांव में होनेवाली बातों से बदबू पसरने लगी। और बदबू, खुशबू से अधिक पसरती है, यह बात किसीसे छिपी नहीं है।

क्योंकि नरेश बहू का नाम वीरू के साथ जुड़ गया था और उसे एक बदचलन औरत करार दे दिया गया था, इसीलिए गांव के लोग दोषी नरेश बहू को ही समझने लगे थे। राम बुझावनसिंह के लड़के के घृणित षड्यंत्र की ओर तो किसीका ध्यान ही नहीं जाता था। असल में, ध्यान जाए भी तो कैसे? शुरू-शुरू में राम बुझावनसिंह के लड़के ने काफी चतुराई से काम लिया था। अपने षड्यंत्रों के घेरे को काफी मजबूत बनाने के लिए नरेश बहू की जिंदगी को सुख सुविधाओं में बांधने लगा था। उसके प्रति अपनी सहृदयता और असीम कृपा भी वह स्पष्ट करता जाता। लेकिन इस क्रम में उसे काफी समय लग गया था। उस समय के बीच गांव के लोगों के लिए नरेश बह का चेहरा एकदम जाना-पहचाना बन गया, लेकिन उसको लेकर झूठमूठ के किस्से भी गढ़े जाने लगे। पर अचानक एक ऐसी घटना घट गई कि लोग चौंक गए। लोगों को ऐसी अनपेक्षित घटना की तनिक भी आशा न थी। पानी में रहकर मगर से बैर, यह तो असंभव था। किंतु नरेश बहू ने ऐसा ही करके दिखा दिया था।

बात सर्दियों के मौसम की है। एक दिन सुबह तड़के ही नरेश बहू ने चीख-चिल्लाकर समूचे गांव को जुटा दिया। फिर गांव के लोगों के सामने रो-रोकर वह कहने लगी, "राम बुझावनसिंह का बडा लड़का सुरेंदर, रात में मेरी आबरू लटने आया था...अपनी आबरू की रक्षा करते हुए गुस्से में मैंने उसके दायें हाथ का मांस दांत से काट लिया है...अब वह मुझे जान से मारने और गांव से भगाने की धमकी दे रहा है...आप लोगों ने इस गांव में मुझे शरण दी है...मुझे बचाइए...आप लोगों के घर भी मां-बहन और बहू-बेटियां हैं... कृपया मेरी इज्जत की रक्षा कीजिए..." और वह फूट-फूटकर रोने लगी।

उसकी रुलाई इतनी कारुणिक थी कि उसके अंतर्मन का दर्द बिलकुल स्पष्ट हो रहा था। एक क्षण तक उसकी बात सुनने और तकलीफजन्य उसकी स्थितियों का मुआयना करने के बाद भीड़ से प्रतिक्रियाएं शुरू हो गईं। अधिकांश लोग नरेश बहू के पक्ष में ही थे। लेकिन राम बुझावनसिंह के परिवार से मिलते-जुलते कुछ लोग विपक्ष में भी आ गए।

नरेश बहू न्याय चाहती थी। जिस तरह गांव में उसके आने के बाद राम बुझावनसिंह के दालान पर फैसले किए गए थे, उसी तरह इस घटना को लेकर भी वह फैसला चाहती थी। लेकिन उस समय यह उसकी नासमझदारी थी। वह गांव को अच्छी तरह जान नहीं पाई थी। राम बुझावनसिंह के खुद अपने लड़के के खिलाफ उनके दरवाजे पर कैसे पंचायत हो सकती थी? और किस तरह की पंचायतें राम बुझावनसिंह के दरवाजे पर होती थीं, इसका भी नरेश बहू को पता नहीं था।

राम बुझावनसिंह के दरवाजे की पंचायतों के बारे में मैं आपको बता दूं, मेरे गांव पर उनका और उनके जैसे परिवारों का ही आधिपत्य है। गांव से बाहर की समस्याओं के फैसले तो राम बुझावनसिंह के दरवाजे पर न्यायपूर्ण ढंग से हो जाते हैं लेकिन गांव के भीतर की समस्याओं के फैसले बगबर एकतरफा हुआ करते हैं। और सब कुछ जानते हुए भी गांव की साधारण जनता विरोध नहीं कर पाती है। दरअसल, मेरे गांव की साधारण जनता की मानसिकता अभी उस रूप में निर्मित नहीं हुई है कि अन्याय के खिलाफ सामूहिक रूप से जेहाद छेड़ सके।

क्योंकि नरेश बह ने राम बुझावनसिंह के मकान के पास ही भीड़इकट्ठी कर दी थी, इसीलिए भीड की आंखें राम बुझावनसिंह के परिवार के सदस्यों को ढूंढने लगीं। राम बुझावनसिंह का बड़ा लड़का सुरेंदर तो काफी समय तक कहीं छिपा रहा। फिर सामने आया। असल में देर तक अपने मकान के पास, अपने विरुद्ध भीड़ लगी देखकर वह और नहीं छिपना चाहता था। अपनी गलती को पचाने के लिए, अपने चहरे पर आक्रोश का एक झूठा मुखौटा लगाए, वह नरेश बहू को गालियां बकते हए भीड के बीच आ घुसा,

"हरामजादी...बेहया...वेश्या...तू मुझे बदनाम कर रही है...जिस थाली में खाती है, उसी में छेद करती है...

पति को छोड़कर भागते शरम नहीं लगी...अब अपने सतीत्व का ढिंढोरा पीट रही है...अब तुझे मैं एक मिनट भी गांव में रहने नहीं दूंगा...जल्दी निकल यहां से...तुझे इस गांव से भगाकर ही दम लूंगा।"—और वह बेशुमार गालियां बकने लगा। भीड़ में खामोशी छा गई। हालांकि लोगों ने साफ देखा, सुरेंदर के दायें हाथ में पट्टी बंधी थी, जो उसके अत्याचार का सबूत पेश कर रही थी। फिर भी लोगों ने कुछ भी नहीं कहा। आखिर उसके खिलाफ जोखिम कौन मोल ले? और वह भी एक लावारिस औरत के लिए?

धीरे-धीरे भीड़ बिखरने लगी। दरअसल, लोगों को यह लग गया कि उसके दरवाजे पर भीड़ की शक्ल में जुटने के कारण लोगों से भी वह नाराज होने लगा है। फिर उससे नाराजगी कौन मोल ले? अतः लोग वहां से खिसक चले। अब नरेश बहू अपने को बिलकुल डरी, सहमी और असहाय महसूस करने लगी, काफी देर तक सुरेंदर नरेश बहू को भद्दी-भद्दी गालियां बकता रहा। फिर अपने हाथ में एक लाठी उठाकर, अपने कुछ आदमियों के साथ उसे गांव से भगाने के लिए चल पड़ा।

आगे-आगे रोती-कलपती हुई नरेश बहू चल रही थी और पीछे से अपने हाथ में लाठी लिए गालियां बकते हुए अपने आदमियों के साथ सुरेंदर था। अपने-अपने दालान, दरवाजे-बैठकों से गांव के लोग चुपचाप देख रहे थे। उनका अंतर्मन इस अन्याय को सहने के लिए स्वीकार नहीं करता था, लेकिन अपनी असमर्थता के चलते वे कुछ बोल नहीं पा रहे थे।

नरेश बहू को लेकर सुरेंदर गांव से बाहर सड़क पर आ गया। जिस सड़क से हो कर नरेश बहू गांव आई थी, उसी सड़क से सुरेंदर उसे गांव से भगाना चाहता था। लेकिन नरेश बहू के लिए यह एक सुखद संयोग था कि उस समय वीरू अपने खेतों में पानी चढ़ा रहा था। नरेश बहू को रोती-कलपती तथा उसके पीछे अपने आदमियों के साथ सुरेंदर को आते देख वीरू सड़क पर आ गया। फिर नरेश बहू के पास पहुंचकर पूछा, "क्यों, क्या बात है?"

नरेश बहू ने माथा उठाकर भर नजर वीरू को देखा। फिर फफक-फफककर रो पड़ी। वह कुछ भी बोल नहीं सकी। तब वीरू ने सुरेंदर से पूछा, "क्यों बाबू साहब, क्या हुआ है?"

"मत पूछो, यह वेश्या है...बेहया है...कुलटा है...इसे अब मैं एक मिनट भी गांव में नहीं रहने दूंगा।"

"आखिर बात क्या है?" वीरू ने तेजी से कहा। उसे जल्द ही अब सब कुछ जान लेने की बेचैनी सताने लगी। शायद नरेश बह ने भी उसकी बेचैनी को लक्ष्य कर लिया, इसीलिए रो-रोकर उसने पूरी घटना का जिक्र वीरू से कर दिया। फिर क्या था? घटना सुनते ही वीरू की आंखों में खून उतर आया। उसने मुड़कर सुरेंदरसिंह की ओर देखा। फिर एकदम सधे हुए लहजे में बोला, ' बाबू साहब, गांव न तो आपका है और न मेरा। इसे गांव से भगाने का आपका कोई अधिकार नहीं।"

सुरेंदर एकाएक सन्न रह गया। उसने स्वप्न में भी नहीं सोचा था कि वीरू इस रूप में आएगा। वीरू की गंभीर और शक्तिपूर्ण आवाज ने एक क्षण के लिए उसे भयभीत कर दिया। वह अपने आदमियों को ताकने लगा। फिर अपने को संयत कर गांव की ओर मुड़ते हुए गरज उठा, "देखता हूं, कौन इसे गांव में रखता है...समूचे गांव में इसे रोकने की किसीकी हिम्मत नहीं हुई, तो तू सामने आया है...मैं तुझे किसी खेत की मूली समझता हूं? ...लगता है, तेरी सामत आई है... अगर कलेजा हो तो इसे लेकर गांव में घुस...इसे गांव में लेकर घुसने के बाद तुम्हारी हड्डी-पसली एक न करवा दी तो मेरा नाम सुरेंदर नहीं।"

अब वीरू से भी चुप नहीं रहा गया। वह भी दहाड़ उठा, "आ रहा हूं बाबू साहब! देखता हूं, कौन रोकता है? गांव तुम्हारे बाप का नहीं है।"

फिर नरेश बहू के लाख रोकने और मना करने के बावजूद वीरू रुक नहीं सका। उसी समय नरेश बहू को लेकर गांव में चल पड़ा। इधर सुरेंदर अपने दालान पर अपने आदमियों के साथ गरजता रहा। वीरू को गांव में घुसने के बाद उसे मारने की धमकियां भी देता रहा। लेकिन इससे कोई फर्क नहीं पड़ा। वीरू नरेश बहू को लेकर गांव में आ ही गया।

कि गांव के लोग अचानक वीरू को गांव में आया देख, एक बार फिर भीड़ की शक्ल में बंधने लगे। वीरू गांव में कहीं नहीं रुका। वह सीधे राम बुझावनसिंह के दालान पर चला गया। उसकी लाल-लाल आंखों से ही गांव के लोगों को लग गया था कि आज जरूर कुछ होगा। इसीलिए राम बुझावनसिंह के दालान पर वीरू के पहुंचने तक गांव के लोगों की बेशुमार भीड़ वहां लग चुकी थी। वहां पहुंचते ही वीरू ने गंभीर आवाज में सुरेंदर से कहा, "आ गया हूं गांव में। कर लो, क्या कर लेते हो?"

"मारो साले को! इस दोगले की यह मजाल!" दालान के भीतर से राम बुझावनसिंह गरजे, फिर सुरेंदर अपने आदमियों के साथ वीरू के ऊपर टूट पड़ा। वीरू निहत्था था। सुरेंदर और उसके आदमियों के हाथों में लाठियां थीं। वे तडातड़ वीरू के ऊपर वार करने लगे। लेकिन जब वीरू का माथा फूट गया और खून उसके कपड़े को भिगोते हुए जमीन पर गिरने लगा, तब एक अज्ञात भय से डरकर सुरेंदर और उसके आदमी पीछे हट गए। पर वीरू ने उन्हें फिर ललकारा, "क्यों बाबू साहब, हो गया? बस, यही थी तुम्हारी शक्ति?"

इस बार वीरू की आवाज निरुत्तरित ही रह गई। कहीं से कोई जवाब नहीं आया। न तो राम बुझावनसिंह ने ही कुछ कहा और न सुरेंदर ने ही। लेकिन भीड़ की आंखें अब बहुत कुछ कहने लगीं। लोग बोल नहीं रहे थे, पर सबों की आंखें चिंगारियां उगलने लगी थीं। वीरू ने भीड़ की ओर देखकर कहा, "यह ठीक नहीं हुआ।"

फिर वह पलटकर गांव से चल पड़ा। गांव से चलते वक्त गरजकर उसने अपनी बात राम बुझावनसिंह और सुरेंदर को सुना दी, "बाबू साहब, तुम्हारी हिम्मत और शक्ति मैंने देख ली। अब मेरी हिम्मत और शक्ति तुम देखना। यह औरत इसी गांव में रहेगी। इसे लेकर शीघ्र ही आऊंगा। देखूंगा, तुम कैसे रोकते हो?"

फिर वीरू गांव से चला गया। उसके साथ नरेश बहू भी चली गई। गांव से बाहर, खेतों के बीच स्थित अपनी कोठरी में नरेश बहू को लेकर वीरू आया। वहां पहुंचते ही नरेश बहू ने वीरू की सेवा- सुश्रूषा शुरू कर दी। वीरू के जख्मों पर उसने गरम पानी से सेंक किया। फिर उनपर पट्टी लगाई। वीरू के खेत के

आसपास के किसान बताते हैं कि जिस लगन, निष्ठा और पूरे मन के साथ नरेश बहू ने वीरू की सेवा की थी, उस लगन, निष्ठा और उस मन के साथ संभवतः कोई पत्नी भी अपने पति की सेवा नहीं करती।

फलतः वीरू जल्द ही ठीक हो गया। लेकिन तन से ठीक होने के बाद भी वह मन से ठीक नहीं हुआ। नरेश बहू को गांव में रखने के लिए वह बराबर चिंताओं और योजनाओं में डूबा रहता। मन ही मन उसने तय कर लिया था, चाहे जो हो, नरेश बहू को वह किसी भी तरह, या किसी भी रास्ते से गांव में रखेगा ही। गांव सिर्फ राम बूझावनसिंह के बाप का ही नहीं है।

मेरे गांव की विचित्र स्थिति है, मेरे बाबूजी स्वर्गीय वंशरोपन लाल, जो एच० डी० जैन कॉलेज, आरा में प्रोफेसर थे, मेरे गांव के सबसे पढ़े-लिखे व्यक्ति थे। उन्होंने अपनी सारी जिंदगी गांव में ही गुजार दी थी। गांव से आ-जाकर ही वे कॉलेज में पढ़ाते थे। गांव-जीवन के एक लंबे अनुभव के बाद एक बार उन्होंने मुझसे कहा था, 'बेटा, अपने गांव के लोगों के ऊपर बातों और विचारों का उतना असर नहीं होता है, जितना घटनाओं का। इसीलिए गांव के लोगों को कोई भी बात घटनाओं के माध्यम से ही समझानी चाहिए।'

और सचमुच बाबूजी की बात सही थी। नरेश बहू की बात और अन्याय के खिलाफ उसके विचार किसीको भी समझ में नहीं आए थे। लेकिन वीरू की घटना ने सबको समझा दिया था। वीरू के माथे से छलक आए खून ने चेतना के स्तर पर लोगों को झकझोर दिया था। वर्षों से जडीभूत हुई उनकी संस्कारिक चुप्पी टूट गई थी। वे बोलने लगे थे। गांव की बैठकों, चौपालों और गलियों में प्रतिक्रियाएं शुरू हो गई थीं। कोई कुछ कहता, कोई कुछ। अधिकांश लोग राम बुझावनसिंह और उनके लड़के को ही दोषी ठहराते। लेकिन उनके पक्षधर यह सुनना नहीं चाहते। फिर बातें गर्मागर्म हो जातीं। लोग एक-दूसरे को गलत ठहराने तथा गुस्से में अनाप-शनाप बकने लगते। फिर धीरे-धीरे ऐसी स्थिति आ पहंची, जो आनी ही थी। गांव दो वर्गों में बंट

गया। एक वर्ग नरेश बहू को गांव में रखने के पक्ष में हो गया, दूसरा वर्ग उसे गांव से खदेड़ने के पक्ष में। लेकिन क्योंकि नरेश बहू को गांव में रखने के पक्षवाले लोग सच्चाई के साथ थे और उनकी संख्या भी अधिक थी, इसीलिए वे कहीं से भी समझौते के लिए तैयार नहीं हुए। आन पर मर-मिटने के लिए आमादा हो गए। फिर एक रोज ऐसा भी आया, जब दोनों पक्षों से चुनौतियां हुईं। उसी रोज नरेश बहू को गांव ले आने के लिए पहले पक्ष वाले लोग वीरू के खेत के पास जा पहुंचे।

उस समय वीरू चिंतामग्न था। दरअसल, वीरू जब से नरेश बहू को अपनी कोठरी में ले आया था, तब से उसे गांव में रखने के लिए वह बराबर चिंतामग्न ही रहता था। लेकिन एकाएक नरेश बहू को गांव ले जाने के लिए आई हुई भीड़ को देखकर वह खुशी से फूला नहीं समाया। वह तो सोच रहा था कि उसे अकेले ही सब कुछ करना पड़ेगा, लेकिन अचानक इतने सारे लोग उसके साथ हो गए थे। वह पुनः जोश-खरोश और अपने असली तेवर के साथ उभर आया। फिर क्या था? वह नरेश बहू को लेकर उसी समय गांव में चल पड़ा। इस बार वह पहली बार की भांति अकेला नहीं था, उसके साथ गांव की एक बहुत बड़ी भीड़ थी।

सुरेंदर अपने दरवाजे पर अपने आदमियों के साथ सिर्फ पैंतरे बांधता ही रह गया। इस बार दोबारा नरेश बहू को गांव से निकालने की शक्ति वह बटोर नहीं पाया। राम बुझावनसिंह को भी अपनी असमर्थता दीख गई। शायद इसीलिए सुरेंदर को ही उन्होंने डांट लगाई। सुरेंदर भी चुप लगा गया। आखिर चुप रह जाने के सिवाय कोई दूसरा विकल्प भी तो नहीं बचा था उसके पास।

अब नरेश बहू पूनः गांव में रहने लगी, क्योंकि गांव में उसे रखने के लिए नये सिरे से उसे प्रतिष्ठित किया गया था, इसीलिए गांव के लोगों की नजर में अब उसकी मान-मर्यादा भी बढ़ गई थी। अब लोग उसके साथ मनमानी करते हुए भी डरने लगे थे। समूचे गांव में राम बुझावनसिंह और उनके जैसे दो-चार घरों को छोड़ कर प्रायः सभी घरों में वह पुनः आने-जाने लगी। इस

बार वीरू ने उसे गांव में चौका-बर्तन न करके, सब्जी बेचने की सलाह दी। वीरू की सलाह उसे बहुत पसंद आई। वह सब्जी बेचने लगी। अब वह अपने जीविकोपार्जन के मामले में भी पूरी तरह स्वतन्त्र हो गई। न किसी का रोब-दाब और न किसीका लेना-देना। गांव के करीब ही हसन बाजार कस्बे से वह सब्जियां खरीदकर लाती।

फिर घूम-घूम कर समूचे गांव में बेचती। इस क्रम में उसे अच्छा मुनाफा भी होने लगा। फिर चन्द दिनों के अन्दर ही गांव के एक किसान परिवार की जनानी ड्योढ़ी में अपने रहने के लिए उसने किराये की एक कोठरी भी ले ली।

अब नरेश बहू की जिंदगी को एक ठौर मिल गया था। उसकी बिखरी और विशृंखलित जिंदगी को बटोरकर किसीने एक साफ-सुथरा आयाम दे दिया था। वह बहुत तरीके के जिंदगी जीने लगी। उसे सामाजिक प्रतिष्ठा मिल चुकी थी और जिंदगी जीने के रास्ते भी। इसीलिए उसे अब कोई तकलीफ नहीं थी। उसे अब कुछ भी नहीं चाहिए था। वह खूब प्रेम से कमाने-खाने लगी थी। हां, कभी-कभार वह वीरू के पास अवश्य जाती। खासकर अपने दुःख, तकलीफ और खुशी के दिनों में। वह घंटों वीरू के पास बैठती। उससे बातें करती। फिर गांव लौटती। लेकिन यही बात मेरे गांव के मनचलों को पसन्द नहीं आती। उनकी नजर में वीरू से उसका गलत सम्बन्ध था। इस आधार पर, उनकी नजर में वह एक गलत औरत थी। फिर एक गलत औरत के साथ गलती करने के सिवाय कुछ और वे जानते ही नहीं थे। इसीलिए कुछ लोग दोबारा उसके साथ मनमानी करने की सोचने लगे। क्योकि पहली घटना को काफी समय बीत गया था, इसीलिए लोग उस घटना को भूल भी चुके थे। फिर धीरे-धीरे वीरू के पास नरेश बहू को बराबर मिलने जाते देख कामुक प्रवृत्ति के लोग जलने लगे। वीरू और नरेश बहू की बढ़ती हुई घनिष्ठता कामुकों को अंधा बनाने लगी। फिर अपने अंधेपन का सबूत भी उन्होंने एक रोज दे ही दिया। एक और शर्मनाक घटना घट गई।

वह घटना मेरे गांव के लहठन चौधरी से सम्बन्धित है। वैसे नरेश बहू के

प्रति सुरेन्दर के अत्याचार के समय लहठन चौधरी नरेश बहु के पक्ष में ही था, लेकिन इस बार उस घटना की स्थितियों और संदर्भों को वह एकदम भूल गया था। दरअसल, वीरू के साथ नरेश बहू के बढ़ते हुए मेलजोल ने उसे सब कुछ भूल जाने के लिए बाध्य कर दिया था। वह जानता था, नरेश बहू वीरू की पत्नी नहीं हैं। फिर भी दिन-दहाडे वीरू से मिलती है और हंस-हंसकर बातें करती है। मेरे गांव के लिए यह एक बिलकुल नई बात थी। इस बात को लहठन चौधरी जैसे लोग स्वीकार नहीं कर पाए। फलत: उसकी परिणति एक घृणित घटना के रूप में सामने आ गई।

हुआ यह कि एक रोज नरेश बहू को लहठन चौधरी ने सब्जी खरीदने के लिए अपने घर बुलाया। क्योंकि लहठन चौधरी की पत्नी अपने बालबच्चों के साथ मायके गई हुई थी, इसीलिए एकांत पाकर लहठन चौधरी ने जानबूझकर यह साजिश रची थी। फिर जैसाकि उसने सोचा था, नरेश बहू के आते ही उसके ऊपर टूट पड़ा। पहले तो नरेश बहू की बांह पकड़कर रुपये-पैसों का लालच दिया। फिर जोर-जबरदस्ती करने लगा। लेकिन नरेश बहू भी अपनी तरह की एक अकेली महिला थी। उसने लहठन चौधरी की जरा भी इज्जत बाकी नहीं रखी। हो हल्ला करके सारा गांव तो उसने जुटा ही लिया। साथ ही साथ सब्जी बेचने वाले अपने तराज़ू से उसने लहठन चौधरी को बुरी तरह घायल भी कर दिया। हालांकि इस क्रम में वह खुद भी घायल हो गई थी। लहठन चौधरी ने भी उसे पीटा था।

पता नहीं, किसने वीरू को खबर कर दी। भीड़ के बीच अचानक वह कहीं से आ धमका। अब तक लहठन चौधरी ने बात बदलकर 'उल्टा चोर कोतवाल को डांटे' वाली स्थिति कायम कर रखी थी। नरेश बहू को अपने दालान वाली कोठरी में बंद कर, भीड के सामने उसके ऊपर यह आरोप लगाया था कि मेरी पत्नी की अनुपस्थिति में नरेश बहू मेरे घर कपड़े और बर्तन चुराने आई थी।

वीरू ने भीड़ के निर्णय की प्रतीक्षा नहीं की। लहठन चौधरी के सामने

आकर पूछा, "चौधरी, कितने रुपये का तुम्हारा माल चोरी हुआ है?'

एक क्षण को चौधरी सकपका गया। इससे पहले कि वह कुछ कहता, कोठरी के भीतर से नरेश बहू चिल्ला उठी, "यह झूठ बोल रहा है। मैंने इसके घर चोरी नहीं की है...सब्जी खरीदने के लिए इसने मुझे बुलाया था...फिर एकांत पाकर मेरे साथ जोर-जबरदस्ती करने लगा।"...और नरेश बहू फूट-फूटकर रो उठी। उसकी रुलाई पुनः उसी दिन की तरह हृदयबेधक और मार्मिक थी, जिस दिन सुरेंदर के अत्याचार के समय वह रोई थी।

वीरू ने फिर लहठन चौधरी से पूछा, "चौधरी, तुम्हारे तो पत्नी और बाल-बच्चे हैं, फिर तुम किसी गैर औरत की इज्जत क्यों बर्बाद करते हो?"

"यह पूछने वाले तुम कौन होते हो? तुम थोड़े ही सरदार हो। तुम गुंडे हो...यह औरत तुम्हारे साथ फंसी हुई है...यह कुलटा है..." लहठन चौधरी अब अपनी असली बात पर आ गया।

"हां चौधरी, तुम ठीक कह रहे हो," वीरू गरज उठा, "लेकिन तुम्हारी तरह मैंने कभी भी इसके साथ जोर-जबरदस्ती नहीं की है...अगर स्वेच्छा के साथ यह औरत तुम्हारे साथ भी रहना चाहे तो सिर्फ मुझे ही नहीं, बल्कि गांव के किसीको भी इस बात पर एतराज नहीं होगा।"

लहठन चौधरी वीरू की इस बात पर चुप लगा गया। भीड़ को भी वीरू की यह बात पसंद आई। लेकिन अचानक अपनी गलती पकड़े जाने के कारण, लहठन चौधरी भीड़ की आंखों से कहीं गुम हो गया। खैर, सर्वसम्मति से नरेश बहू को मुक्त कर दिया गया। लहठन चौधरी की आलोचनाएं और थू-थू हुई। फिर नरेश बहू, जिस घर में रहती थी, वहां चली गई।

वीरू भी गांव से बाहर अपने खेतों में चला गया। धीरे-धीरे अपनेआप भीड़ भी बिखर गई। लेकिन इस बार वीरू को लेकर समूचे गांव में अजीब तरह की प्रतिक्रियाएं शुरू हो गईं। क्योंकि वीरू की दलील इतनी सही थी कि उस वक्त तो किसीने उसका विरोध नहीं किया, लेकिन घटना के बाद अपनी समझ और सोच के मुताबिक लोगों ने उसका विरोध करना शुरू कर दिया।

मेरे गांव के लोग कब किस बात के पक्ष में आ जाएंगे और कब किस बात का विरोध करने लगेंगे, यह जान पाना बड़ा ही मुश्किल है। नरेश बहू को गांव ले आने और सुरेंदर के अत्याचार से उसे मुक्त करने का श्रेय गांव ने वीरू को दे दिया था। इसीलिए गांव की नजर में वीरू की भरपूर प्रतिष्ठा और विशिष्ट महत्त्व भी कायम हो गया था। लेकिन लहठन चौधरी की इस घटना ने लोगों के दिलो-दिमाग से वीरू को उतार दिया।

वीरू की यह बात कि अपनी इच्छानुसार नरेश बहू कभी भी किसीके साथ रह सकती है, गांव के लोगों की समझ में नहीं आई। असल में, कहीं बहुत गहरे तक डूबकर इस बात को वे समझें, ऐसा अवसर ही नहीं दिया लहठन चौधरी ने। उसने समूचे गांव में इस बात का प्रचार कर दिया, 'वीरू गुंडा है। व्यभिचारी है। वह गांव में अनाचार फैलाना चाहता है। आज तक इस गांव में कभी ऐसा नहीं हुआ है कि कोई औरत अपने मन के अनुसार किसीके साथ रह ले। यह तो कुकर्म है। गांव का पतन हो जाएगा', आदि।

धार्मिक और रूढ़िवादी प्रवृत्ति के मेरे गांव के लोग शीघ्र ही लहठन चौधरी की बातों में आ गए। फिर बिना अपने से सोचे-समझे वीरू का विरोध करने लगे। इस स्थिति से जबरदस्त फायदा उठाया मेरे गांव के एक व्यक्ति सुरेंदर ने। वह वीरू से अपनी दुश्मनी साधने के लिए वर्षों से वक्त की प्रतीक्षा में था। उसे यह बिलकुल अनुकूल वक्त लगा। वह लहठन चौधरी के साथ हो गया। फिर वीरू को तंग करने और मारने-पीटने की योजनानाएं बनाने लगा। वह तो अब तक कभी का सफल हो चुका होता। लेकिन गांव की एक बड़ी संख्या वीरू के साथ थी, इसी डर से वह कुछ कर नहीं पा रहा था। पर अब वह मनमानी करने के लिए पूरी तरह स्वतंत्र हो गया था।

फिर एक दिन वह सब कुछ हो ही गया, जिसके लिए सुरेंदर ने वर्षों से तैयारी की थी। शाम के अंधेरे में, अपने धान कटे खेत के बोझे सुरेंदर ने चुपके से मंगवा लिए। फिर सुबह हल्ला मचाया कि मेरे खेत से धान के बोझ गायब हो गए। इसके बाद काफी लोगों को लेकर वह वीरू के पास पहुंचा। उसने वीरू से पूछा, "मेरे धान के बोझे क्या हुए?"

"मुझे कुछ भी मालूम नहीं।" वीरू ने जवाब दिया।

"तुम खेतों में रहते हो, तो फिर किसको मालूम होगा?"

"मैं खेतों में रहता हूं अपनी फसल की रक्षा के लिए, दूसरे के लिए नहीं।"

"इसका मतलब यह हुआ कि बोझे तुमने चुराये हैं।"

"होश में आकर बात करो।"

"चोरी और सीनाजोरी दोनों! चोर कहीं के..." और सुरेंदर ने अपने आदमियों को ललकारते हुए वीरू के ऊपर वार किया। फिर चारों ओर से वीरू के ऊपर लोग वार करने लगे। अभिमन्यु की तरह अकेला देर तक वीरू उन लोगों से लड़ता रहा। लेकिन आखिर एक अकेला कई लोगों से कब तक लड़ सकता है? वह गिर पड़ा। उसे बुरी तरह चोटें आईं। करीब उसे अधमरा करके लोग लौटे।

उस समय नरेश बहू सब्जी खरीदने कस्बे गई हुई थी। वहां से लौटने पर यह खबर सुन वह दौड़ते हुए वीरू के खेत में पहुंची। लेकिन वहां पहुंचने पर उसे वीरू कहीं नहीं मिला। वीरू के बैल भी नहीं थे। उसकी कोठरी खुली हुई थी। कोठरी में वीरू की चीजें भी नहीं थीं। नरेश बहू दौड़-दौड़कर इस खेत से उस खेत में उसे ढूंढ़ती रही। लेकिन वह कहीं नहीं दिखा। पता नहीं वह कहां चला गया था।

फिर महीनों तक नरेश बहू उसे ढूंढती रही। उसका कहीं कोई पता-ठिकाना नहीं मिला। नरेश बहू अब बिलकुल उदास और गमगीन रहने लगी। उसकी आंखें धंस गईं। उसके चेहरे की कांति गायब हो गई। फिर भी गांव के लोगों को उसपर तनिक भी दया नहीं आई। उल्टे उसपर लोगों को गुस्सा ही आया। आखिर वह वीरू के लिए क्यों पश्चात्ताप कर रही है? वीरू उसका पति तो है नहीं। वीरू के लिए उसका घुलना गांव के लोगों की नजर में उसकी चरित्रहीनता और भ्रष्टता ही था। इसीलिए लोग उसपर रहम न खाकर, उसपर व्यंग्य करने लगे। कोई कहता, वीरू अब है नहीं, वह मर गया। कोई कहता, वीरू अकसर रातों में आता है। कोई कहता, अब वीरू कभी नहीं आएगा।

इसी तरह समय गुजरता रहा। नरेश बहू भी किसी तरह खींचते हुए अपनी जिंदगी की गाड़ी आगे बढ़ाती रही। उसे अब अपनी जिंदगी में कोई आकर्षण नहीं जान पड़ता। सब्जियों के रोजगार में भी अब उसका मन नहीं लगता। अब वह अपने को बहुत असहाय और निरुपाय समझती। किसीकी फब्ती और छेड़खानी पर भी बवाल नहीं करती।

फिर अचानक जाने एक रात क्या हुआ कि वह जोर-जोर से रोने लगी। पता नहीं, सुरेंदर और लहठन चौधरी जैसे लोगों ने उसके साथ अत्याचार किया था क्या? किसीको कुछ मालम नहीं। लोगों के लाख पूछने पर भी उसने कुछ नहीं बताया। कई दिनों तक सिर्फ चुपचाप रोती रही। फिर उसी समय से रोज नियमतः बाहर से गांव आने वाली सड़क के किनारे, जामुन वृक्ष के नीचे बैठकर वह किसीकी प्रतीक्षा करने लगी।

शुरू-शुरू में गांव के लोगों को उसका इस तरह बैठना ठीक नहीं लगा। कई लोगों ने उसे टोका। कुछ लोगों ने डांट भी लगाई। लेकिन उसने किसीकी एक न सुनी। सुबह-शाम अपने कामों से निबट, वह रोज नियम से उस जामुन वृक्ष के नीचे बैठने लगी।

उसका वहां बैठना और किसीकी एकटक प्रतीक्षा करना तब से आज तक निरंतर जारी है। हालांकि एक लंबे समय बाद गांव के लोग अब उसे पागल समझने लगे हैं। लेकिन पागलों की तरह का कोई भी व्यवहार और हरकत वह नहीं करती है। पागलों की तरह कभी गांव के किसी आदमी के साथ वह पेश नहीं आई है। फिर उसे पागल कहना उसके प्रति सरासर अन्याय नहीं तो और क्या है?

जहां तक मैं समझता हूं, अब आप भी यह समझ गए होंगे कि वह पागल है या क्या है और जामुन वृक्ष के नीचे बैठकर वह किसकी प्रतीक्षा किया करती है?

पहली घटना

बिछावन पर गिरते ही मीना रोज की तरह बेचैन हो उठी। पिछले पांच सालों से यह बेचैनी हर रात उसे दबोच लेती है। दिन में व्यस्तताओं के चलते इस बेचैनी का उसे उतना आभास नहीं हो पाता है। सुबह से लेकर दस बजे तक का समय तो उसे खाना बनाने और पूरे परिवार को खिलाने में ही बीत जाता है। फिर दस बजे से लेकर चार बजे तक वह बच्चियों के एक स्कूल में पढ़ाने चली जाती है। वहां वह बच्चियों के बीच अपने को जबरन उलझाए रखती है। फिर वहां से लौटने पर चूल्हा-चौके के बीच वह नौ बजे रात तक फंसी रहती है। लेकिन फुर्सत पाते ही वह ज्योंही बिस्तरे पर पहुंचती है, इंतजार-रत बेचैनी उसे पूरी तरह दबोच लेती है। और फिर छटपटाते हुए इधर से उधर करवट बदलने, उठकर बैठ रहने और अंधकार के बीच आंखें फाड़-फाड़कर देखते रहने का क्रम रातभर चालू रहता है।

इसकी शुरुआत कब हुई थी, उसे ठीक-ठीक मालूम नहीं। क्योंकि वह जब से होश संभाल पाई है, इसी तनावपूर्ण जिंदगी के बीच जी रही है। बचपन की स्मृतियां अब उतनी चटक नहीं रह गई हैं। वर्तमान की विकरालता के चलते उनका धुंधला पड़ जाना स्वाभाविक भी है। फिर भी सिनेमा की रील की तरह वे रोज उसकी आंखों से गुजर जाती हैं। उसे लगता है, जैसे अतीत की वे तमाम घटनाएं एकदम आकस्मिक रूप से घट गई हैं। वह उन घटनाओं के चिह्न अपने शरीर में ढूंढ़ती है। कहीं भी उसे नहीं लगता है कि वह उन

घटनाओं से जुड़ी है। तब फिर उन घटनाओं के नाम पर यह यातना कैसी? नहीं, वह देर तक यह सब कुछ नहीं सहती रहेगी। आखिर एक ओढ़ी हुई जिन्दगी के बीच वह कब तक जी सकती है?

तेरहवां चढ़ते-चढ़ते ही बाबूजी ने उसकी शादी कर दी थी। उस समय तो वह कुछ नहीं सोच पाई थी। उसे अपनी शादी बच्चों के खेल की तरह मनोरंजक लगी थी। किन्तु आज जब वह सोचती है तो उसके सामने एक बहुत बड़ा सवाल खड़ा हो जाता है। आखिर तेरह साल की उस कच्ची उम्र में बाबूजी को उसके शरीर में क्या कुछ नजर आने लगा था जो उसकी शादी उसी समय उन्हें जरूरी लगने लगी थी? और उसे अपने सवाल का उत्तर भी मिल जाता है जब टोला-पड़ोस की लड़कियों पर उसकी नजर पड़ती है। बारह तेरह लांघते-लांघते ही ललाट पर बिंदी और मांग में सिन्दूर की रेखा लादे वे घूमती-फिरती हैं। उसके साथ की पैदा हुई रम्मो, नीलम और झुनिया तो अब बूढ़ी लगने लगी हैं। अभी पचीसवां भी तो नहीं पूरने पाया है कि वे दो-दो, तीन-तीन बच्चों की मां बन गई हैं। उनका असमय में ही इस कदर बूढ़ी हो जाना उसे बिलकुल अजीब लगता है।

जब वह आंगन में दुलहन बनी थी तो बाबूजी और मां कितने खुश हुए थे! लगता था, जैसे किसी बहुत बड़े बोझ से मुक्त हो गए हों। चाचा-चाची और भैया भी काफी प्रसन्न थे। गाजे-बाजे के साथ दरवाजे पर बारात आई थी। गांव भर की ढेर सारी लड़कियां उसे घेरे बैठी थीं। रात भर रस्म पूरे होते रहे थे। औरतों के गीतों से घर का पूरा वातावरण झंकृत हो उठा था। वह केन्द्रबिन्दु में थी। उसे कुछ भी समझ नहीं आ था। यंत्रचालित मशीन की भांति वह सब रस्म पूरा करती जाती थी। उस समय अगर उसे किसी बात से सुकून मिलती थी तो यही कि रम्मो, नीलम तथा झुनिया की तरह अब वह भी सिन्दूर लगाएगी और बिंदिया चमकाएगी।

अपनी उस ओछी बुद्धि पर आज घृणा से वह भर उठती है। उसे इस बात को लेकर गहरा अफसोस होता है कि वह विरोध नहीं कर पाई थी। मां और बाबूजी को बगैर उसकी अनुमति उसकी शादी का क्या अधिकार था?

आखिर उसकी शादी हो रही थी। उसके जीवन को एक नया मोड़ दिया जा रहा था। लेकिन यह मोड़ कोई दूसरा क्यों दे रहा था! उसकी आंखों पर कोल्हू के बैलों की तरह पट्टी क्यों बंधी थी? उसका अस्तित्व मात्र भेड़-बकरियों की तरह लीक पर चलने भर को क्यों था? और इसीलिए आज कहीं से भी उसे नहीं लगता कि कभी शादी के फेरे पड़े हों उसे। यह याद आते ही कि कभी दुलहन बनी थी वह, हंसी आ जाती है उसे। आखिर जिन संदर्भो की भुक्तभोगी नहीं है वह, बल्कि जो संदर्भ जबरन उसके ऊपर थोप दिए गए हैं वह अंततः क्यों उनसे जुड़ी रहेगी?

उस दिन की नाटकीय घटना शायद वह जीवन में कभी नहीं भूलेगी। एक दुबला-पतला आदमी, जो अपने को नाई बतलाता था, उसकी ससुराल से एक पत्र लेकर आया था। दरवाजे पर ही बाबूजी मिले थे, पर यह क्या! पत्र पढ़ते ही बाबूजी खाट पर गिर कर सुबकने लगे थे। चाचा-चाची, मां और भैया चौंकते हुए बाबूजी के पास दौड़ पडे थे। खाट पर पड़े पत्र को उठाकर भैया ने पढ़ा था। उसके पति की आकस्मिक मत्यु की सूचना थी। उस पति की जिसे वह न तो देख पाई थी और न जान पाई थी।

मां की उस दिन की हालत उसे आज भी याद है। आंगन में दहाड़ें मार-मारकर रोती हुई मां बेसुध हो गई थीं। चाचा-चाची और भैया-भाभी के चेहरे भी रुआंसे और लटके हुए लगने लगे थे। टोला-पड़ोस की वे तमाम औरतें, जो शादी में गीत गाने आई थीं फिर जुट गई थीं। पर इस बार उनके चेहरे खश नहीं बल्कि गमगीन लग रहे थे। और वह? वह तो जैसे अविचल और निर्विकार भाव से एक कोने में खड़ी सब कुछ देख रही थी। उस कच्ची उम्र में उस पत्र की कोई भी प्रतिक्रिया नहीं हई थी उसके ऊपर। उसे तो सिर्फ मां का रोना अखर रहा था। जब सहा नहीं गया तो वह जाकर मां को चुप कराने लगी। लेकिन यह क्या? टोला-पड़ोस और घर की औरतों ने उसे घेर लिया। उसकी पीठ और माथे पर हाथ फेरते हए रो-रोकर उसे सांत्वना देने लगीं। फिर उसकी सुनहली चूड़ियां उन सबों ने तोड दीं। ललाट पर चमकती बिंदिया और माथे का सिंदूर भी उन सबों ने पोंछ दिया। उस समय उसे इस

बात को लेकर काफी दुःख हुआ कि रम्मो, नीलम और झुनिया के बीच उसका चेहरा फीका लगने लगेगा। अपनी उस बेहूदी समझ पर आज वह गुस्से से भर जाती है।

रात काफी बीत चुकी है। चाहकर भी वह सो नहीं पाई है। नींद जैसे उसकी आंखों से उड़-सी गई है। उसे अपने-आपपर गुस्सा आता है। आखिर कब तक वह जागती रहेगी और रात इसी तरह बीत जाया करेगी? उसे क्यों अपने बचपन की कच्ची उम्र से घृणा होती है? उस कच्ची उम्र से हटकर क्या कर लिया है उसने? एक अव्यक्त पीड़ा अन्दर ही अन्दर उसे मथने लगती है। न चाहते हुए भी वह धीरे से करवट बदल लेती है।

कभी बहुत पहले जब उसका अठारहवां चल रहा था और उससे चार साल छोटी चाची की लड़की मंजू की शादी हो रही थी, अनायास ही उसे अपना व्यक्तित्व असंतुलित-सा जान पड़ने लगा था, क्योंकि वह शादी का अर्थ जान गई थी। लेकिन उसकी सोच हर बार इसी बिन्दु पर आकर ठहर जाती थी कि शादी का प्रमुख पाला होने के बावजूद भी लड़कियों को अधिकार-शून्य क्यों कर दिया जाता है? इस सम्बन्ध में उनसे सलाह-मशवरा क्यों नहीं लिया जाता है?

अब धीरे-धीरे यह बात भी उसे साफ होने लगी थी। वह जल्द ही यह जान गई थी कि आर्थिक स्थितियां ही इसका एकमात्न कारण हैं। बाबू जी उसे खाना देते हैं। समय-समय पर कपड़ा बनवाते हैं। बीमार पड़ने पर इलाज करवाते हैं। किन्तु एवज में वह बाबूजी को क्या देती है? कुछ नहीं। और शायद इसीलिए बाबूजी द्वारा उसके अधिकारों का छीना जाना स्वाभाविक ही है। मगर हठात् उसे लगा कि नहीं, किसी भी व्यक्ति का अधिकार इन चंद टुकड़ों से ही नहीं खरीदा जा सकता। अधिकार का महत्त्व इन टुकड़ों से कहीं बहुत ज्यादा वजनी होता है। अधिकार ही स्वतंत्नता का पर्याय है। और जब स्वतंत्नता ही नहीं तब फिर जीना किस काम का? उसी दिन उसने निर्णय लिया कि वह अपना अधिकार बाबूजी के पास कभी भी गिरवी नहीं रहने देगी।

गांव में हाई स्कूल था। इसीसे वह मैट्रिक तक पढ़ पाई थी। बाबूजी से अपने अधिकार वापस लेने के लिए उसे अपने मैट्रिक तक की पढ़ाई को उपयोग में लाना जरूरी हो गया था। इसीसे एक दिन उसने बाबूजी के सामने शिक्षिका की ट्रेनिंग लेने के लिए अपनी इच्छा व्यक्त की। बाबूजी, मां और भैया उसपर नाराज हो गए। पहले तो बाबूजी ने गरीबी का नखड़ा पसारा, "तुम देख ही रही हो कि नमक-तेल का इंतजाम करने में दिवाला निकलता जा रहा है। तुम्हारी ट्रेनिंग के लिए मैं कहां से पैसा लाऊंगा?"

लेकिन जब उसने कहा कि ट्रेनिंग में छात्रों का पैसा नहीं लगता, बल्कि उन्हें छात्रवृत्ति मिलती है तो बाबूजी ने बात बदल दी, "आखिर ट्रेनिंग के लिए अकेले तुम्हें कहां छोड़ दिया जाएगा? जमाना बड़ा बुरा आ गया है। कोई किसीकी इज्जत देखने वाला नहीं है..."

और फिर दो तीन दिनों तक मां, बाबूजी और भैया की फुसफुसाहटें वह सुनती रही, "अठारह-उन्नीस साल की जवान विधवा लड़की को कहां अकेले भेज दिया जाएगा? जवानी में बुद्धि भ्रष्ट हो जाती है। अगर कुछ हो गया तो फिर हम कौन मुंह दिखाएंगे? सब कुछ मिल जाएगी तो मिल जाएगी, इज्जत कहां मिलेगी?"

और वह अन्दर ही अन्दर टूटती-घुटती, अनमनी-सी रहने लगी। उसके भैया गांव से दो मील दूर कस्बे के पोस्ट ऑफिस क्लर्क थे। अचानक उन्हीं दिनों भैया की बदली एक शहर में हो गई। उसे अपनी निराधार जिंदगी को कुछ बल मिला। मन ही मन उसने निश्चय किया कि भैया की नौकरी पर रहकर वह ट्रेनिंग करेगी। पर इसके लिए भैया को राजी करना जरूरी था। और भैया की राजी भाभी की खुशी के साथ जुड़ी थी। बस, उसने भाभी की सेवा शुरू कर दी।

आज वह सोचती है तो उसे अजीब लगता है कि ऐसी कर्कशा और जाहिल भाभी की सेवा वह कैसे उन दिनों निष्ठा और लगन से करती जा रही थी। उसे लगता है, जैसे महत्त्वाकांक्षाएं आदमी को सब कुछ करने के लिए

विवश कर देती हैं। उसे स्पष्ट याद है, अपनी सेवा से प्रसन्न भाभी भैया की नौकरी पर उसे साथ-साथ ले गई थीं। फिर जब महीनों तक वह भाभी की अनवरत सेवा और अनुनय-विनय करती रही थी, तब एक दिन भाभी ने भैया से उसकी सिफारिश की थी। और उस दिन की खुशी तो उससे भुलाए नहीं भूलती है जिस दिन ट्रेनिंग-स्कूल में उसका नामांकन हुआ था।

ट्रेनिंग में उसके दो साल कैसे बीते, यह एक लंबी कहानी है। इस से अब उसका कोई वास्ता भी नहीं। उसे ट्रेनिंग में अपने साथ वाली लड़कियां कभी अच्छी नहीं लगीं। कोई भी लड़की उसे ऐसी नहीं जंची जिसका अपना कोई मौलिक व्यक्तित्व हो। हर रात लड़कियों की भ्रष्टता उसे देखने को मिलती थी। गेट के चपरासी को मिलाकर आधी रात में ही अनेक लड़कियां क्यों चली जाती थीं, फिर भोर होने से पहले ही वे अपने कमरों में दाखिल हो जाती थीं। दिन में भाई बताकर वह जिन छोकरों से मिलती थीं, वह भी उससे छिपा नहीं रह पाता था। उसे गुस्सा सिर्फ इसी बात पर आता था कि वे ऐसी नकली जिंदगी क्यों जी रही हैं। आखिर एक ओढ़ी हुई जिंदगी के बीच उनका जीना क्या मायने रखता है? छिपे-छिपे और चोरी-चोरी इच्छाएं पूरा करना और हर वक्त दबे हुए महसूस करना क्या अपने-आपके साथ विश्वासघात करना नहीं है?

खैर! उसे आज उन सस्ती लड़कियों से कोई मतलब नहीं। वे अपने अधिकार और स्वतंत्रता दूसरे को सौंप दें। लेकिन वह ऐसा कभी नहीं कर सकती है। इसी अधिकार व स्वतंत्रता के लिए तो वह आज तक घुटती आई है। उसके अन्दर का विद्रोह व गुस्सा अब चरम बिन्दु पर आ गया है। मां, भैया, भाभी, चाचा, चाची और बाबूजी की वर्जनाओं को वह अब देर तक सहन नहीं करेगी। अब वह पूरी तरह तैयार हो चुकी है। उनकी किसी बातों पर अब उसे आश्रित नहीं रहना है। भैया तीन सौ महीना कमाते हैं तो वह भी दो सौ तीस कमा लेती है। फिर वह उनसे कम किस बात में है? लेकिन वह देख रही है, परिवार का नियंत्रण उसके प्रति तनिक भी कम नहीं हुआ है। किसी भी चीज की स्वतंत्रता उसे नहीं मिल पाई है। उसी तरह की बंधी-बंधी जिंदगी उसे अब भी जीनी पड़ती है। रंगीन पोशाक उसे अब भी मना है। मांस-मछली

उसे खाने नहीं दिया जाता है। कहीं वह बाहर अकेले नहीं जा सकती है। किसी बाहरी आदमी से बात नहीं कर सकती है। गद्देदार बिछावन पर सो नहीं सकती है। स्कल का महीना मिलते ही चपचाप बाबूजी के हाथों उसे थमा देनी पड़ती है। अपनी इच्छा से वह कुछ नहीं खरीद सकती है। और इस सबके बावजूद वह कुछ सोच भी नहीं सके, इसके लिए स्कूल से छूटते ही उसे दोनों जून रसोई में भिड़ा दिया जाता है। लेकिन अब वह अपना मोर्चा मजबूत कर चुकी है। सिर्फ सामने आने भर की देरी है।

सुबह वह जानबूझकर देर से उठती है। फिर नित्यक्रिया से निबटकर हाथ मुंह धोने लगती है। उसे देखकर भाभी कहती हैं, "क्यों मीना बेबी, आज रसोई में आग नहीं जलेगी क्या?"

"भाभी, मुझे आई०ए० की परीक्षा देनी है। आज से तैयारी शुरू कर रही हूं। आप खाना बना लिया कीजिए।"

उसकी इस बात से भाभी के शरीर में तो जैसे आग लग गई। उसी क्षण कानों-कानों में ही भाभी यह बात पूरे घर में फैला देती हैं। फिर मां, चाची, बाबूजी और भैया उसे कोसने लगते हैं, "अब आगे पढ़कर क्या करोगी? ट्रेनिंग तुमको हम लोगों ने करवा ही दिया। चुपचाप बच्चियों के स्कूल में पढ़ाती रहो। अब आगे पढ़कर क्या जजमेंट लिखनी है तुम्हें?"

वे देर तक उसे कोसते रहते हैं। अंत में जब वह बर्दाश्त नहीं कर पाती है तो कह उठती है, "पढ़ाई का महत्त्व सिर्फ जजमेंट लिखने तक ही नहीं होता है भैया!"

भैया को तो जैसे काठ मार जाता है। अवाक् होकर उसे देखने लगते हैं। उन्होंने मीना के मुंह से ऐसी बात की कभी आशा नहीं थी। यह पहला अवसर था जब मीना ने उनका विरोध किया था। वह मुंह लटकाए दालान की ओर चले जाते हैं।

चाची, भाभी और मां उसे बुरी तरह कोसना प्रारम्भ कर देती हैं। वह चुपचाप अपने कमरे में जा पड़ती है। जानती है, इस जाहिल औरतों को समझाना बेकार है।

दस बजते-बजते वह नहा-धोकर तैयार हो जाती है। किसी-से कुछ कहती नहीं। रसोई में जाकर खाना निकाल खाने लगती है। मां, चाची और भाभी की भुनभुनाहटें वह अनसुनी कर देती है। जानती है, ये कुछ नहीं बिगाड़ सकतीं उसका। वह पूर्वतः स्कूल के लिए चल देती है। बाबूजी और भैया से दालान पर ही उसकी मुलाकात होती है। वह देखती है, उनके चेहरे खिंचे-खिंचे और तनाव-भरे लगने लगे हैं। खैर, इसकी कोई चिंता नहीं है उसे। वह थोड़े उन लोगों से कुछ मांग रही है। उसे तो बस अपना अधिकार चाहिए।

दालान से उतरकर दस डग दक्खिन की ओर जाते हुए वह पूरब की तरफ मुड़ जाती है। यह पूरब की ओर जाने वाली गली बीच गांव से गुजरते हुए ठीक उसके स्कूल के पास चली जाती है। रास्ते में इस गली के ठीक सामने ही नरेश का दालान पड़ता है। नरेश के दालान से गुजरते हुए वह रोज ही घायल हो जाया करती है। दक्खिनवारी पट्टी के छंटुए लड़के ठीक उसके स्कूल आने-जाने के वक्त ही उसे मिलते हैं। जब वह दालान से होकर गुजरने लगती है तब सीटियां बजाने, व्यंग्यात्मक हंसी हंसने तथा उसे सुना-सुनाकर आपस में भद्दे मजाक करना वे शुरू करते हैं।

वह माथा झुकाए नरेश के दालान से गुजरने लगती है। उसे देखते ही रोज की भांति छंटुए आहें भरना शुरू करते हैं। पीठ पीछे उनकी फूसफुसाहटें उसे साफ सुनाई पड़ती हैं, "बाप रे बाप, लड़की है कि परी है! इसे देखने पर सब कुछ भूल जाता हूं।"

"अरे साले, इसे देखने के लिए ही तो सब काम-धन्धा छोड़कर मैं दोनों जून यहां जुट जाता हूं। कभी-कभी तो मन नहीं भरता तो दोपहर में भी स्कूल का एक चक्कर लगा लेता हूं।"

"मैं तो यार, इतनी जगह घूमा, ऐसी बांकी लड़की मेरी आंखों से नहीं गुजरी। इसके शरीर की बनावट, चेहरे की सुन्दरता, इत्ते लम्बे-लम्बे बाल... हाय! जान निकल जाती है। प्राण मांगेगी तो भी दे दूंगा।"

उसे हंसी आ जाती है। इन युवकों की भावुकतापूर्ण बातें कभी-कभी उसे अपने ऊपर सोचने को मजबूर कर देती हैं। तो क्या वह बहुत सुन्दर है?

उसे याद आती है, एक बार इंस्पेक्टर उसका स्कूल जांच करने आए थे। घंटों घूर-घूरकर उसे देखते रहे थे। फिर अन्त में उन्होंने पूछ ही लिया था, 'माफ कीजिएगा, आपकी उम्र क्या होगी?'

'तेईस-चौबीस।'

'आपकी शादी...!'

और उसकी आंखें छलछला आई थीं। फिर सहज होते हुए इंस्पेक्टर से उसने सच्ची बात बता दी थी। देर तक इंस्पेक्टर सहानुभूति प्रगट करते और आहें भरते रहे थे। मगर उसे स्पष्ट लगा था कि इंस्पेक्टर की सहानुभूति उसके प्रति नहीं बल्कि उसके देखने से उत्पन्न हुई अपनी मन की काम-तृष्णा के प्रति थी।

स्कूल के बरामदे में पहुंचते ही बच्चियां उसे नमस्कार करना शुरू कर देती हैं। कभी-कभी तो वह किसी नन्ही-मुन्नी बच्ची को गोद में उठाकर चूमने लगती है। उस वक्त जाने उसे कैसा तो लगने लगता है। अन्दर ही अन्दर कुछ रिसता हुआ महसूस होता है।

वह आगे बढ़कर रोज की भांति हेड मिस्ट्रेस को नमस्कार करती है तथा रजिस्टर लेकर एक कमरे में चली जाती है। बच्चियों की हाजिरी ले चुकने के बाद वह उन्हें कुछ हिसाब बनाने को दे देती है। आज पढ़ाने का जी नहीं होता है उसका। कुर्सी पर वह चुपचाप बैठ रहती है। उसकी कुर्सी खिड़की के पास है। वह खिड़की से बाहर सड़क पर आ जा रहे लोगों को यों ही देखने लगती है। अचानक उसे फुलिया दुसाधिन जाते दिखती है। उसके आगे पिअरी धोती पहने एक आदमी भी है। उसे याद आती है, कल ही तो फुलिया की यह नई शादी हुई है। करीब आने पर वह फुलिया के चेहरे को देखती है। फुलिया का हुलसित-पुलकित चेहरा सिन्दूर और बिंदिया से जगमगा रहा है। लाख प्रयत्नों के बावजूद भी उसे फुलिया के चेहरे पर वैधव्य की कोई रेखा नहीं दीख पड़ती है। जबकि वह ही नहीं, पूरा गांव जानता है, फुलिया की यह तीसरी शादी है। पहली शादी के कुछ दिन बाद फुलिया का पति मर गया था। उसके भाइयों ने उसकी दूसरी शादी कर दी। फिर जब दूसरे पति ने उसे छोड़ दिया तो अब यह तीसरी शादी हुई है उसकी।

वह अपने जैसे लोगों के बारे में सोचने लगती है। यह बीच का आदमी वैचारिक स्तर से कितना सड़ा-गला और मरियल होता है। फुलिया के घर वालों की वैचारिकता उसे बहुत पसंद आती है। पूर्ण स्वतंत्रता उन लोगों के बीच वह देख पाती है। शायद यह स्वतंत्रता ही उन्हें गरीबी से आक्रान्त रहने पर भी जीने की इच्छाएं उत्पन्न करती रहती है। वह इस स्वतंत्रता का राज अच्छी तरह जानती है। पिछड़े और गरीब वर्गों में यह स्वतंत्रता सिर्फ इसीलिए है कि किसी भी परिवार का कोई सदस्य परावलम्बी नहीं होता है। कल की आई ब्याहता कन्या भी खेत में रोपनी करने या कोई अन्य काम करने चली जाती है। उसे बड़े घरों की स्थितियां भी याद आने लगती है। बड़े लोग भी एक तरह से पूर्ण स्वतंत्र ही होते हैं। सेक्स, तलाक और एक से अनेक शादियों के मामले में उनकी भी पूरी छट रहती है। लेकिन यह बीच का आदमी एक टूटा हुआ पुल और ढहा हुआ खंडहर मकान है। तमाम रूढ़िवादी जड़ताएं, गलत प्रवृत्तियां और संस्कारिक आस्थाएं इस बीच के आदमी के साथ जड़ी हैं। और दुःख तो इस बात का है कि इस देश में इसी बीच के आदमी की बहुलता है।

हिसाब बनाकर बच्चियां उसे दिखाने लगती हैं। वह बेमन मे जल्दी-जल्दी उनकी कापियां देख जाती है। फिर उन्हें उलझाए रखने के लिए और दो-तीन हिसाब दे देती है। वे फिर व्यस्त हो जाती हैं।

अचानक उसकी नजर दीवार पर आपस में टकराते छिपकली के एक जोड़े पर पड़ती है। वह ध्यान से उन्हें देखने लगती है। थोड़ी देर बाद वह पाती है कि दोनों छिपकलियां सेक्स की स्थिति में आकर एक-दूसरे से गूंथ गई हैं। उसे अजीब अनुभूति होती है। सेक्स का एक बहत बड़ा तूफान उसके अन्दर ठाठें मारने लगता है। फिर वह गुस्से में आकर सोचने लगती है आखिर सेक्स पर परिवार और समाज द्वारा नियंत्रण क्यों? भूख को कोई क्यों नहीं रोक लेता? पाखाना जाने की अपनी इच्छा को कोई क्यों नहीं दमित कर पाता? और सेक्स भी तो इसी तरह की एक शारीरिक क्रिया है। फिर उस पर कंट्रोल क्यों?

दो बजते-बजते डाकिया अखबार दे जाता है। वह अखबार देखने

लगती है। अखबार में देश-विदेश की खबरें छपी हैं। यह अखबार उसके गांव में सात-आठ जगह आता है। लोग खूब चाव से पढ़ते हैं। काफी आधुनिक है उसका गांव। पढ़े-लिखे लोगों की संख्या भी अन्य गांवों से अधिक है, खेती भी अच्छे और आधुनिक ढंग से की जाती है। बिजली की सातआठ बोरिंगें लग गई हैं। शायद इसीलिए ब्लॉक में यह आदर्श गांव चुना गया है। लेकिन उसे कहीं से नहीं लगता कि यह गांव आदर्श और आधुनिक है। यहां के लोगों की कथनी और करनी का भारी अलगाव वह रोज देखती है। रूढ़िवादिता और संस्कारिक जड़ता किसी भी मायने में कम नहीं हुई है इस गांव से। अपने पूर्वजों के घटिया विरासत को इस गांव वाले आज भी ढोते हैं। और तो और, नकली आधुनिकता से चिपके वह खुद अपने भैया को हो पाती है। फर्स्ट डिविजन से बी०ए० पास कर चुकने के बाद पोस्टल क्लर्क हो गए हैं। फिर तबादले के क्रम में अनेक शहर घूमने का अवसर भी मिला है उन्हें। रोज नियमतः अखबार पढ़ते हैं। रेडियो सुनना कभी नहीं भूलते हैं। हर जगह आधुनिकता की बात ही बघारते रहते हैं। हड्डियों की ढांचा बनी बेरौनक भाभी को मॉर्डन फैशन में सजाकर कभी-कभार शहर ले जाते हैं। विधवा-विवाह से लेकर तिलक-दहेज की कुरीतियों पर तक धारावाहिक रूप से घंटों बोलते रहते हैं। गांव में एक नमूने के आदमी गिने जाते हैं। किसी सांस्कृतिक कार्यक्रम और नाटक के आयोजन में उनका विशेष सहयोग रहता है। सरस्वती पूजा के दिन तो वह उनका नाटक देखने भी गई थी। नायक की भूमिका उन्होंने ही अदा की थी। वह तो यह देखकर दंग रह गई थी कि नाटक का कथानक विधवा-विवाह को लेकर ही था। उसे भैया द्वारा एक जगह बोला गया डायलॉग आज भी याद है—'हम रूढ़ियों और संस्कारों में विश्वास नहीं करते। सामाजिक कुरीतियां और अंधविश्वास जीवनगत सच्चाई को धुंधला कर देते हैं। जीवन की अनिवार्य मांग और तल्ख सच्चाई के लिए ढकोसलों को ठुकराकर हम नौजवानों को आगे बढ़ना चाहिए।'

और वह सोचती है, उस नाटक वाले भैया कौन-से भैया हैं? मैं उन्हें क्यों नजर नहीं आती हूं? अपने डायलॉग की सच्चाई वे क्यों महसूस नहीं करते

हैं? नाटक की सच्चाई उन्हें जीवनगत सच्चाई क्यों नहीं मालूम पड़ती है? क्या एक बनावटी ढंग से वे सब कुछ ऐसा कर लेते हैं? तो फिर पिंजड़े के सुग्गे और भैया में अंतर ही क्या है? वह भी तो रटा देने पर सब कुछ रट ही लेता है।

चार बजते-बजते वह स्कूल से चल देती है। नरेश के दालान पर उसके दर्शनार्थ जुड़े छंटुए फिर मिल जाते हैं। उनकी आहे, सिसकारियां और अपना सौंदर्य-वर्णन उसे फिर सुनने को मिलता है। वह गुमसुम बनी चुपचाप आगे की ओर बढ़ जाती है। अपने दालान पर चढ़ते हुए आंगन में प्रवेश करती है। उससे कोई कुछ नहीं बोलता है। उसकी नजर जिसपर पड़ती है, उसे वह अपने प्रति क्रुद्ध ही पाती है। देखती है, भैया भी कस्बे से आ चुके हैं। पिछले छः महीने से कस्बे के पोस्टऑफिस में ही आ गए हैं। घर से रोज साइकल से आ-जा लेते हैं।

घर का तनावपूर्ण वातावरण उसे अजीब लगता है। पारिवारिक रिश्ते टूटते और चटखते जान पड़ते हैं। मां, चाची और भाभी के फूले हुए चेहरे उसे तनिक भी डरावने नहीं लगते हैं। आखिर उसका ये लोग क्या बिगाड़ लेगी? अब वह अपने पैरों पर खड़ी हो चुकी है। घर की खानदानी बैसाखियों की अब उसे कोई आवश्यकता नहीं।

अपने कमरे में जाकर वह कपड़े बदलने लगती है। फिर आंगन में आकर सीढ़ियों के सहारे वह छत पर जा चढ़ती है। शाम को छत पर बैठना उसे शांतिदायक महसूस होता है। एक कोने में वह इतमीनान से बैठ रहती है। पर जल्दी ही उसका इतमीनान भंग हो जाता है। नीचे से भाभी की कर्कश आवाज उसके कानों में पड़ती है, "दसपैसा कमाने क्या लग गई हो लाट बन गई हो? विधवा लड़कियों को यह शोभा नहीं देता है कि शाम में छत पर बैठकर हवा खाएं। चुपचाप रसोईघर में आकर खाना बनाओ।"

उसे अपनी चुप्पी बहुत अखरने लगती है। गंभीर आवाज में वह बोल उठती है, "मैं किसीकी नौकरानी नहीं हूं कि दोनों जून खाना बनाऊंगी। मुझे आगे पढ़ना-लिखना है।"

"मीना! तुम बहुत बढ़-बढ़कर बोलने लगी हो।" भैया का चेहरा तमतमा

उठता है, "सुबह से ही मैं तुम्हें देख रहा हूं। तुम्हारी चाल बिगड़ने लगी है।"

भाभी और भैया की बात पूरी भी नहीं होने पाती है कि चाचा अपने कमरे से गर्माते हुए निकलते हैं, "यह कल की लड़की ढीठ कितनी होती जा रही है! इसे शर्म नहीं लगती है, बड़ों से जुबान लड़ती है? मंजू को भी इसीने बिगाड़ दिया है। कैसे वह अब ससुराल में दुःख भुगत रही है।"

और फिर मां, चाची और भाभी की बातें शुरू होती हैं, "मैं तो पहले ही कह रही थी कि इस लड़की को ट्रेनिंग मत करवाओ, लड़की बिगड़ जाएगी।" चाची कहती हैं।

"मैं अपनी बहू की बुद्धि को क्या कहूं? उसीने तो सब करा दिया।" मां की आवाज है।

"मेरी तो उस समय बुद्धि ही भ्रष्ट हो गई थी। मुझे इस तरह फुसला बैठी थी कि क्या कहूं? अब अफसोस होता है।" यह भाभी हैं।

उसका मन होता है कि गरजकर कहे—'नौकरी करती हूं तभी तो हर महीने दो सौ तीस तुम्हारे हाथों पर आ जाते हैं। भैया से क्यों नहीं ले लेती हो? दस-पांच देकर बहाना बना देते हैं और शेष अपनी मरियल बीवी के नाम पर पास-बुक खोलकर रख रहे हैं।' लेकिन वह कुछ कह नहीं पाती है। जानती है, घर वालों की झल्लाहट उससे काम लेने के लिए नहीं है बल्कि उसे स्वतंत्र न रहने देने के लिए है। हर वक्त उसे उलझाए रखकर वे सच्चाई से उसे अनभिज्ञ रखना चाहते हैं। लेकिन वह सोचती है, वे कितने सतही हैं? क्या नग्न सच्चाई भी कभी झुठलाई जा सकती है? क्या उसके युवा शरीर में दौड़ रहे गर्म रक्त की उष्णता से भी उसे वंचित रखा जा सकता है? नहीं, कभी नहीं! यह बिलकुल नामुमकिन है।

अचानक गली में गीत गाती हुई जाती औरतें उसे दिखती हैं। वह समझ जाती है, किसी लड़के की शादी का रस्म शुरू हो गई है। लेकिन उसे इन रस्मों में तनिक भी विश्वास नहीं। उसे यह सब कुछ भी ढोंग जैसा ही प्रतीत होता है। कभी जब उसका अठारहवां चल रहा था, वह भी इन औरतों के साथ घूमती रहती थी। औरतों के अन्दर की हीन भावना और नकाबपोश जिन्दगी उसे

उन्हीं दिनों खटकने लगी थी। आज तो कोई भी औरत उसे औरत नहीं लगती, बिल में छुपी चुहिया लगती है।

काफी देर बाद वह छत से उतरती है। जाने क्यों उसे खाने की इच्छा नहीं होती है। वह चुपचाप अपने बिछावन पर जाकर गिर रहती है। ढेर-सारी बातें उसे मथती रहती हैं। वह अपने अधिकारों के लिए अब सामने आ रही है। जल्दबाजी में कोई निर्णय लेना ठीक नहीं है।

सुबह तड़के ही वह उठती है। दैनिक कार्यों से निबटकर हाथ-मुंह धो लेती है। फिर उसी क्षण नहाने लगती है। देखती है, मां, भैया, भाभी, बाबूजी, चाचा और चाची के चेहरों पर उसके प्रति तनाव उसी तरह है। वे आपस में हंसकर बतिया लेते हैं, लेकिन उसपर नजर पड़ते ही कर हो जाते हैं। वह जानबूझकर उन सबों के व्यवहार से अनजान बनते हुए अपने काम में व्यस्त रहती है। फिर अच्छी तरह नहा-धोकर अपने कमरे में जाकर कुछ पढ़ने लगती है। ठीक दस बजे के करीब कमरे से निकलकर रसोई में चली जाती है। भाभी भुनभुनाने लगती हैं। वह भाभी की भुनभनाहटों को अनसुनी करते हुए खाना परोसकर खाने लगती है। जल्दी-जल्दी खाना खाकर वह स्कूल की ओर भागती है। पिछली दो रातों से जाने क्यों यह घर उसे काटने दौड़ रहा है!

रोज की भांति वह बच्चियों के बीच कुर्सी पर बैठ रहती है। अनायास उसकी नजर दीवार पर चली जाती है। आज उसे दीवार पर छिपकली का वह जोड़ा नहीं दिखता है। लेकिन कल उस जोड़े द्वारा दी गई टीस उसके अन्दर फिर उठने लगती है। वह बेचैन-सी हो उठती है। बच्चियों को एक से तीस तक का पहाड़ा लिखने को देकर वह बरामदे में टहलने लगती है।

अचानक सड़क के उस पार बुश्शर्ट और पतलून पहने आता हुआ एक लड़का उसे दिखता है। वह ध्यान से उसे देखने लगती है। वह ज्यों-ज्यों करीब आता जाता है, वह उसे पहचानने-सी लगती है। जब वह उसके काफी नजदीक आ जाता है तो वह उसे साफ पहचान जाती है। विपिन है। उसके अन्दर तहलका मच जाता है। वह विक्षिप्त-सी होने लगती है। स्टूल के पाये

से सटकर वह निर्निमेष दृष्टि से उसे देखने लगती है। उसका खूबसूरत और सुगठित शरीर निहारने में उसे अजीब संतोष मिलता है। वह भांप लेती है, विपिन भी उसे कनखियों से देखने लगा है। वह अन्दर ही अन्दर सिहरने और लजाने लगती है। जाने उसे यह क्या हो जाता है? उसकी सारी बुद्धि ताख पर चली जाती है। गंभीरता तो एकदम रह ही नहीं जाती। आखिर विपिन से उसका कौन-सा संबंध है? विपिन को देखते ही वह बेचैन क्यों हो उठती है?

और विपिन के पास से गुजरते हुए तो वह जैसे मूर्छित हो उठती है। क्या विपिन उसकी इस अंदरूनी पीड़ा को महसूस करता है? जरूर विपिन उसकी पीड़ा को लख जाता है। अन्यथा करीब से गुजरते हुए विपिन की आंखें उस तरह चंचल क्यों होती? वह गांवों की ओर बढ़ रहे विपिन को देर तक देखती रहती है। जब विपिन उसकी आंखों से ओझल हो जाता है तब वह थके और टूटे मन को लिए स्कूल के कमरे में आती है। उसे अपने शरीर का बोझ बहुत ज्यादा मालूम पड़ने लगता है। कुर्सी पर धम् से बैठते हुए विपिन की दुनिया में खो जाती है।

विपिन उसके गांव का लड़का। अपनी बुढ़िया मां का एकलौता पुत्र। गांव के हिजड़े युवकों से एकदम कटा छंटा। शहर के कॉलेज में हिन्दी का लेक्चरर। उसे विपिन का व्यवहार और विचार एकदम हृदयग्राही लगता है। उसकी सूरत उसके मन-प्राण में बस गई है। तो क्या विपिन ही उसके अन्दर से अब तक उसे साहस देता रहा है? क्या विपिन के भरोसे ही वह रूढ़ियों और संस्कारों की इतनी बड़ी दुनिया से लड़ने के लिए कमर कस चुकी है? लेकिन क्या विपिन यह सब कुछ जानता है? क्या वह जानता है कि वह जिस तरह की जिन्दगी के लिए संघर्षरत है, वह भी उसी तरह की जिन्दगी जीना चाहती है? नहीं, विपिन यह सब कुछ नहीं जानता है। उसने कभी विपिन को बताया ही नहीं है। उसने अब तक बहुत बड़ी भूल की है। आखिर जिसके बूते वह सब कुछ कर रही है, उसे अपने से अनभिज्ञ रखा है। अब तक उसे अपने को उसके साथ एकाकार कर लेना चाहिए था। वह मन मसोसने लगती है और गहरे पश्चात्ताप में डूब जाती है।

बच्चियां उसे पहाड़ा दिखाने के लिए तंग करने लगती हैं। वह जल्दी-जल्दी सबों का पहाड़ा देख जाती है। फिर उन्हें उलझाए रखने के लिए एकसाथ दो-तीन सवाल हल करने के लिए दे देती है। उसका जी न जाने कैसा तो होने लगता है! यह विपिन जब छुट्टियों में गांव आता है, वह बुरी तरह छटपटा जाती है। लाख चाहकर भी वह विपिन से नहीं मिल पाती है। क्या वह अभी अधूरी है? नहीं! पिछले दो-तीन दिनों से उसने विपिन के समकक्ष अपने को स्थापित कर लिया है। इस बार वह विपिन से जरूर मिलेगी, चाहे जो भी हो।

खिड़की से बाहर सूने मैदान की ओर वह देखने लगती है। नौकरी लगने से पहले अनेक रंगों में बंटा विपिन का अनेक चेहरा उसे नजर आने लगता है। हर चेहरे को वह बारी-बारी से पहचानने लगती है। अलग-अलग सदर्भों में हर चेहरा उसे पूरी तरह याद आने लगता है :

गांव के कुछ बुजर्ग और अमीर लोगों ने गांव में एक जगह एक चबूतरा बनाने की योजना बनाई थी। उस चबूतरे पर गांव की रोगी-दुखी औरत बैठकर मिन्नतें मनाएंगी और इलाके के प्रसिद्ध ओझा उन्हें झाड़फूंक करेंगे, यही उस चबूतरे का उद्देश्य था। पूरे गांव को लग रहा था, जैसे यह उनके हित के लिए ही हो रहा है। लेकिन जिस दिन गांव से चदे उगाहने की बात उठी, उसी दिन विपिन ने उसका विरोध शुरू किया। पहले तो गाली-गलौज और मारपीट की नौबत आई। फिर जल्द ही विपिन ने ऐसा वातावरण तैयार किया कि सबों को झुकना पड़ा और वह योजना धरी की धरी रह गई।

फिर दूसरी घटना जुलाई, 1968 में घटी। उस समय गांव का पोस्टआफिस बगल वाले गांव में था। किसी कारणवश उस पूरे गांव से इस गांव का झगड़ा हो गया। हरिहर कहार का लड़का भिखू उन दिनों नौकरी के लिए इधर-उधर अर्जियां दे रहा था। उसके दो-तीन इंटरव्यू कार्ड आए लेकिन उस गांव वालों ने उसे इस गांव में नहीं आने दिया। चुपके से जला डाला। इसी तरह इस गांव के अनेक कागजात जो आर्डनरी आते थे, दफना दिए गए। पता नहीं यह बात विपिन के कानों में कैसे चली गई? लोग कहते हैं, विपिन की भांति ही उस गांव में भी एक लड़का है, जिसने गप्त रूप से विपिन

को सूचना दे दी थी। बस, फिर क्या था? दो दिनों तक विपिन समूचे गांव का चक्कर लगाता रहा था तथा एक दरख्वास्त पर लोगों से दस्तखत करवाता रहा था। फिर दो महीने के अन्दर ही उसने गांव में पोस्टआफिस खुलवा दिया था। भिखू के मकान के पास टंगा लाल लेटर बाक्स पर नजर पड़ते ही विपिन याद आ जाता है।

फिर तीसरी घटना। पानी का समुचित प्रबंध न होने के कारण पूरे गांव में खेती अच्छी तरह न हो पाई थी। लोग किसी तरह साल भर जीनेखाने के लिए पैदा काट लिए थे। लेकिन उस दिन जब लेवी का नोटिस लेकर ब्लॉक का कर्मचारी गांव में घूसा था तो सभीके होश उड़ गए थे। उनके पास साल-भर अच्छी तरह खा सकने की फसल थी ही नहीं, लेवी वे कहां से दें? लेकिन न देने का साहस भी तो उनके पास नहीं था। वे रो रहे थे और कांप रहे थे। सोच रहे थे, पुलिस आएगी और बैल खोलकर ले जाएगी। ठीक इसी समय विपिन दहाड़ उठा था। पूरे गांव को जाने कैसे उसने एकजुट कर लिया था! फिर पुलिस और ब्लॉक कर्मचारियों के आने पर उसने सरेआम अंगूठा दिखा दिया था। वे निराश होकर लौट गए थे। इससे पहले कि पुलिस दुबारा आए, उसकी अनेक दरख्वास्त अनेक आफिसों में जा पड़ी थीं और लेवी माफ कर दी गई थी।

फिर चौथी घटना। मजदूरों पर धनी किसानों का आतंक बढ़ गया था। वे मनमानी करने लगे थे और मजदूरों का खून जबरन चूसने लगे थे। काम एक घंटे के बदले दो घंटे लेते थे और खुराक आधी भी नहीं देते थे। गांव के मजदूरों की कोई बपौती जायदाद थी नहीं, इसलिए विवश-लाचार वे दम घोंट रहे थे। इसी दमघोंट वातावरण में हरख रजवार की मृत्यु रामभजनसिंह के आतंक से हुई। पर यह क्या? हरखू की मृत्यु के दूसरे दिन बाद ही विपिन ने मजदूरों को मालिकों से टकरवा दिया। सभी मजदूर काम छोड़कर हट गए। विपिन सामने आ गया और उसकी पीठ पर गांव के सभी मजदूर। मालिकों को मजबूरन विपिन से समझौता करना पड़ा। विपिन ने मजदूरों की खुराक को दुगुना करवा दिया।

फिर पांचवीं घटना। महंगू दुसाध की लड़की मुअनी जोगिंदरसिंह के

खेत में घास गूढ़ रही थी। जोगिंदरसिंह का लड़का बबन जो घात लगाए बैठा था, एकांत पाकर मुअनी को अपने ईख के खेत में घसीटकर ले गया था। वहां उसके और दो-चार साथी बैठे थे। सबों ने खूब छककर मुअनी को बेइज्जत किया था। मुअनी की साड़ी खून से रंग गई थी, और वह बेहोशी की स्थिति में घर आई थी। महंगू जानता था, तकरार बढ़ाने से कोई फायदा नहीं। इसीसे वह महटिया गया था। लेकिन विपिन कब चुप रहने वाला था। मजदूरों को लेकर वह जोगिंदरसिंह के दालान पर जा पहुंचा था। देखते-देखते बात बहुत बढ गई थी। पर जाने कैसे विपिन ने छोटी जातियों और बड़ी जातियों की इस तकरार को अमीरों और गरीबों की तकरार बना दिया था! और चूंकि अमीरों की संख्या गरीबों से कम थी, इसीलिए अमीरों को हार खानी पड़ी थी। दंडस्वरूप पांच सौ रुपये जोगिंदर को महंग को देने पड़े थे।

इसी तरह की छठी, सातवीं और आठवीं घटनाएं उसे याद आती हैं। हर घटनाओं के बीच जूझता हआ विपिन उसे दिखता है। वह महसूस करती है, उसके अन्दर भी तो विपिन पूरी तरह आ गया है। वह मुंह खोलती है, लेकिन बोलता विपिन है। वह बिछावन पर गिर रहती है, लेकिन विपिन उसे सोने नहीं देता है। उसे बगावत के रास्ते पर खड़ा करने के लिए हर वक्त विपिन उसे प्रेरित करता रहता है। अगर इस गांव में विपिन पैदा नहीं हुआ होता तो क्या वह अपनी स्वतंत्रता के लिए कभी कमर कस पाती?

वह विपिन से जरूर मिलेगी और जल्द ही मिलेगी, इसी बार की छुट्टी में। वह जानती है, विपिन दो महीने की गर्मियों की छुट्टी में आया है।

चार बजते ही वह स्कूल से घर लौट पड़ती है। अभी उसके स्कूल की गर्मियों की छुट्टी में काफी समय है। खैर, उस समय के नजदीक आने से उसे कोई फायदा नहीं। छुट्टियों में तो वह बोर ही होती रहती है।

नरेश के दालान से गुजरते हए उसकी विपिन पर नजर पड़ जाती है। लुंगी और गंजी पहने हुए विपिन बैठा होता है। कितना पुष्ट और बलिष्ठ शरीर लगता है विपिन का! वह नजर बचाकर विपिन को देख लेती है। छंटुए उसे देखकर दम घोंटने लगते हैं। भुनभुनाने और फुसफुसाने का साहस नहीं होता

है उन्हें। वह जानती है, विपिन के सामने ऐसी कोई भी हरकत करने की हिम्मत नहीं पड़ेगी उन्हें।

वह विपिन की यादों में खोई अपने घर की ओर बढ़ती जाती है। घर में प्रवेश करते ही पाती है कि सबों के चेहरे पर तनाव उसी तरह है। वह कपड़ा बदल सीधे छत पर चढ़ जाती है। आक्रोश-भरी फुसफुसाहटें आंगन में शुरू हो जाती हैं। घर के कामों के प्रति उसकी तटस्थता लोगों को बुरी तरह सालने लगती है। गुस्से में अनाप-शनाप मां और भाभी ढेर कुछ बकने लगती हैं। उसपर इसकी कोई प्रतिक्रिया नहीं। उसकी आंखों के सामने तो सिर्फ विपिन की तस्वीर नाचती होती है। ऐसा हर बार होता है। जब भी विपिन छुट्टियों में आता है, वह बुरी तरह भावनाओं, कल्पनाओं और यादों में डूब जाती है।

रात सात-आठ बजे के करीब वह छत से उतरती है। सीधे रसोई घर में प्रवेश कर खाने बैठ जाती है। जाने क्यों कुछ भी खाया नहीं जाता है उसे! फिर भी किसी तरह दो-चार कौर निगलकर वह अपने कमरे में आ पड़ती है।

रात ज्यों-ज्यों गहराती जाती है, विपिन उसपर हावी होता जाता है। विपिन के साथ घटी उसके जीवन की वह महत्त्वपूर्ण घटना उसे भली भांति याद है। क्यों न याद हो? उसका प्रमाण भी तो उसके पास सुरक्षित है। वह सिरहाने से माचिस निकालकर डिबिया जलाती है। फिर बक्स खोलकर कपड़ों के नीचे से एक बटुआ निकालती है। एक क्षण के लिए वह बटुए को देखती रहती है। फिर उससे एक मुड़ातुड़ा कागज निकालकर चूम लेती है। कागज को सीने से चिपकाए वह खाट पर आ बैठती है। यह कागज ही उसकी जिंदगी है। इसी कागज से वह अब तक प्रेरणा पाती रही है। यह कागज ही उसकी धरोहर और अब तक की सम्पत्ति है। इस कागज से जुड़ी वह घटना जब-जब विपिन आ जाता है, उसकी आंखों के सामने ताजा हो जाती है।

उसका सत्रहवां या अठारहवां चल रहा था। विपिन की कहीं नौकरी नहीं लगी थी और दिन-रात वह अपने ओसारे में पड़ा रहता था। उसे विपिन की बहन से दोस्ती-सी हो गई थी। वह विपिन के घर अक्सर आने-जाने लगी थी। विपिन उसे बराबर स्नेह से देखने लगा था। अपनी बहन की तरह विपिन उससे

भी खुलकर बातें करता था। एकाध बार तो विपिन ने उसे जबरन अपनी ही थाली में बैठाकर साथ खिलाया था। जाने क्यों, उन्हीं दिनों उसे लगने लगा था कि वह अन्दर ही अन्दर विपिन से बंधती जा रही है।

और एक दिन जब वह विपिन के घर पहुंची थी, विपिन की बहन वहां नहीं थी। कहीं गांव में गई थी। वह निराश होकर लौटने लगी थी कि विपिन ने उसे रोक लिया था, फिर कहा था, 'देखो मीना! तुमसे मुझे एक बात पूछनी है। बताओ, साहस के साथ उसका उत्तर दोगी न!'

उसने कोई जवाब नहीं दिया था। फिर विपिन ने एक पत्र उसे थमा दिया था। वह मुड़कर चल पड़ी थी। विपिन कह उठा था—'मीना! नाराज मत होना रे! तू तो जानती ही है, मेरी हर बात बेढंगी होती है...' और वह हंस पड़ा था।'

विपिन की उस हंसी की याद आते ही उसके अन्दर एक झुरझुरी-सी उठने लगती है। वह सीने से चिपकाए गए कागज को मुट्ठियों में लेकर एक बार फिर चूम लेती है। यही वह कागज है जिसे आज से पांच साल पहले विपिन ने उसे दिया था। इस कागज को वह हजारों बार पढ़ चुकी है। जाने क्यों, इसे पढ़ते हुए मन ही नहीं भरता उसका। वह डिबिया करीब रख लेती है और कागज को खोलकर पुनः पढ़ने लगती है :

'प्रिय मीना,

यह पत्र तुम्हें कुछ अजीब किस्म का जरूर लगेगा क्योंकि इस पूरे इलाके में तुम्हें कोई ऐसा किस्सा देखने और सुनने को नहीं मिला है कि गांव की किसी लड़की की शादी गांव के ही किसी लड़के से हो गई हो और इससे भी अजूबा यह कि वह लड़की विधवा हो। अब शायद तुम समझ गई होगी कि मैं क्या कहना चाहता हूं? तो मीना, अपनी जीवन-यात्रा का साथी मैंने मन ही मन तुम्हें चुन लिया है। मैं जानता हूं, तुम डरोगी, तुम्हें बहुत-से रोड़े नजर आएंगे। लेकिन मुझे तो केवल तुम्हारी स्वीकृति मिलने भर की देरी है। देखते ही देखते सबों की आंखों के सामने ही तुम्हें उस घर से उठाकर अपने इस घर में ले आऊंगा। तुम्हारे ऊपर बलात् लादे गए वैधव्य

को नोच-फेंककर तुम्हें अपनी दुल्हन बना लूंगा।

पत्रोत्तर की प्रतीक्षा में—

तुम्हारा,
—विपिन'

और वह आज तक विपिन के इस पत्र के उत्तर में विपिन को कोई कागज नहीं थमा सकी है। लेकिन कौन कहता है कि उसने विपिन को जवाब नहीं दिया है? क्या विपिन ने नहीं लक्ष्य किया है कि आज तक वह विपिन के पत्र के उत्तर की ही तैयारी करती रही है? क्या उत्तर मात्र शब्दों के द्वारा ही दिया जाता है? नहीं, शब्द बराबर खोखले होते हैं। उनकी जीवंतता तो सच्चाई के साथ जुड़ने में ही होती है।

उसे अच्छी तरह याद है, इस पत्र ने ही उसे एकांतप्रिय बनाया था। लगातार अपने अन्दर घंटों सोचते रहने की प्रक्रियाओं की शरुआत उसे इस पत्र से ही हुई थी। इस पत्र ने ही इस पूरे परिवेश के प्रति उसके मन में बगावत की आग जला दी है और अपनी आजादी अपने हाथों में ले लेने के लिए वह उठ खड़ी हुई है। जरूर विपिन जान गया है कि उसके पत्र की तैयारी ही वह कर रही है। अन्यथा अब तक कहीं शादी कर चुका होता। वह क्यों, जब छुट्टियों में गांव आता है, उसके स्कूल के इर्द-गिर्द बराबर घूमता रहता है? कल विपिन के सामने उसे स्पष्ट हो जाना चाहिए। अब समय नहीं है और वह अब बर्दाश्त भी नहीं कर सकती है।

वह सुबह के लिए बेताब हो उठती है। रात उसे बहुत लम्बी जान पड़ने लगती है। वह उठकर कमरे में टहलने लगती है। फिर विपिन के पत्र को देर तक पढ़ती रहती है। आज की तरह सुबह की तीव्र आकांक्षा उसके मन में पहले कभी पैदा नहीं हुई थी।

भोर होने से पहले ही वह नित्य-क्रिया में लग जाती है। सात बजते-बजते तो वह एकदम तैयार हो उठती है। उसका मन करता है कि इसी समय स्कूल के लिए निकल जाए। फिर सोचती है कि इतना सवेरे जाकर क्या करेगी?

चुपचाप अपने कमरे में जाकर अकेले बैठी रहती है।

आंगन में मां, चाची और भाभी उसके विरुद्ध ताने कसना शुरू करती है। वह चुपचाप सुनती रहती है। कोई जवाब नहीं देती है। सोचती है, अब सब कुछ जल्द ही घटित हो जाना चाहिए, क्योंकि वह देख रही है, उसके घेरे पड़ने शुरू हो गए हैं। साढ़े आठ बजे के करीब वह रसोई में चली जाती है। झल्लाहटों के बीच वह किसी तरह थोड़ा-बहुत खा पाती है। फिर स्कूल के लिए निकल जाती है। यह पहला दिन है जब वह नौ बजे ही स्कल के लिए निकली है। जानती है, अभी एक भी बच्ची नहीं आई होगी। फिर भी वह तेजी से बढ़ी जा रही है।

स्कूल के बरामदे में वह पहुंचती है। चारों ओर पूरा सन्नाटा घिरा है। एक बच्ची भी अभी नहीं आई है। कम से कम बच्चियों के आने में अभी एक घंटा समय है। हेड मिस्ट्रेस तो अक्सर बच्चियों के आने के बाद ही आती हैं। वह एक कमरे का ताला खोल कुर्सी पर जा बैठती है। खिडकी से बाहर देखते हुए सोचती है, क्या आज विपिन नहीं आएगा? वह जरूर आएगा। आते हुए रास्ते में उसको विपिन ने जरूर देखा होगा! उसे अपने-आपपर गुस्सा आता है कि रास्ते में वह माथा झुकाए हुए क्यों आई? वह कुर्सी से उठकर कमरे में टहलने लगती है। फिर बाहर बरामदे में आ जाती है। अचानक खुशी के मारे चौंक उठती है—अरे सड़क के उस पार विपिन खड़ा है! वह एकटक विपिन को देखने लगती है। क्या विपिन भी उसीको देख रहा है? हां, वह भी तो उसी की ओर ताक रहा है। देर तक वह इसी तरह विपिन को देखती रहती है। फिर काफी साहस बटोरकर हाथ के इशारे से उसे बुलाती है। वह मुस्कराते हुए आने लगता है। जाने उसे क्यों अजीब महसूस होता है! उसके हृदय की धड़कनें बढ़ जाती हैं। वह भागकर कमरे में आ जाती है। कुछ क्षण बाद विपिन भी कमरे में आ धमकता है। अब वह सिमटने, सिकुड़ने और लजाने लगती है। कुर्सी के पास चुपचाप खड़ी हो जाती है। विपिन मुस्कराते हुए कुर्सी पर बैठता है और पूछता है, "कुछ काम है क्या?"

वह कुछ नहीं बोलती है। माथा झुका लेती है। उसका चेहरा रक्तिम हो जाता है। विपिन फिर बोल उठता है, "क्यों री मीना, तू लजाती है! गांव की सभी लड़कियों से मैं तुम्हें भिन्न समझता हूं।"

वह धीरे से अपना हाथ ब्लाउज के अन्दर डाल देती है। और एक मुड़ा हुआ कागज निकालकर विपिन के सामने रख देती है। उत्सुकता से विपिन कागज को जल्दी-जल्दी खोलता है। फिर एक सांस में ही पढ़ जाता है, "अरे, यह तो मेरा पत्र है! इतने दिनों तक तू इसे सहेजकर रखी हो...?"

वह कोई जवाब नहीं देती है। विपिन भी कुछ सोचने लगता है। फिर जल्द ही पूछता है, "हां, तो अब तक तूने इसका जवाब क्यों नहीं दिया?"

वह बड़ी-बड़ी आंखों से विपिन की ओर ताकती है। फिर कहती है, "क्या कागज का जवाब कागज से ही लोगे? तुम्हें नहीं लगा कि तुम्हारे जवाब के लिए ही मैं अब तक अपने को तैयार करती रही हूं..."

और खुशी के मारे विपिन उतावला हो उठता है। वह उसे बांहों में भरकर उसके अधरों पर चुम्बन की एक मुहर लगा देता है।

स्कूल से वह चहकती-फुदकती घर लौटती है। एक अजीब उमंग उसके शरीर के पोर-पोर में समा गई है। उसकी सारी गंभीरता और निरंतर सोचते रहने की प्रक्रिया भी गड्मड-सी हो गई है। वह तेजी से अपने घर में प्रवेश करती है। फिर बगैर किसीकी ओर देखे अपने कमरे में घुस जाती है। उसे अपना कमरा बिल्कुल बदला-बदल-सा जान पड़ने लगता है। कमरे की हर चीज, जो उसे कभी बेहद उबाऊ लगती थी, बडी प्यारी प्यारी लगने लगती है। वह अपने बिस्तर पर गिर रहती है। फिर बलिस्ते को सीने से दबा लेती है। विपिन का स्पर्श देर तक उसे पुलकित और रोमांचित करता रहता है।

काफी समय बाद वह कपड़े बदलकर कमरे से निकलती है। भाभी और चाची का तनाव-भरा चेहरा एक क्षण के लिए उसे डंसने लगता है। वह तेजी से छत पर चढ़ जाती है। आज उसे अपने शरीर में गजब की फुर्ती महसूस होती है। वह आसमान की ओर ताकती है। उसे मौसम बड़ा खुशनुमा लगता है। रोज की तरह वह जहां घुटन और उदासी लिए बैठती थी, आज वहां उससे बैठा नहीं जाता है। उसका जी करता है कि वह खूब दौड़े, छलांग लगाए।

बहुत जल्द ही वह छत से उतर पड़ती है। फिर रसोई में लग जाती है। इतन जल्दी से और इतना बढ़िया रसोई वह पका देती है कि सभी दंग रह

जाते हैं। चूंकि सबों के खाने में अभी काफी समय है, इसीसे वह फिर छत पर चढ़ जाती है। तारों-भरा आकाश उसे काफी मोहक लगता है। वह छत पर पेट के बल लेट जाती है। सोचती है, विपिन कब ले जाएगा? कैसे ले जाएगा! वह जानती है, विपिन कभी भी उसे चोरी से नहीं ले जा सकता है। उसका कोई भी काम सबों के सामने ही घटता है तो क्या वह परिवार वालों को अपना निर्णय बता दे? क्या वे सह जाएंगे! खैर... ? नहीं सहेंगे भी तो क्या बिगाड़ लेंगे उसका? विपिन से टकराकर वे कभी भी विजयी नहीं हो सकते।

भैया, बाबूजी और चाचा के खाने के समय वह छत से नीचे उतर जाती है। आंगन में बहुत बढ़िया से चौका और पीढ़ा-पानी लगाती है। वे तीनों आकर बैठ रहते हैं। वह बारी-बारी से थाली परोसती जाती है। थाली परोसने के क्रम में ही वह लक्ष्य करती है, भैया का चेहरा गुस्से से भरा है। उसका दोष ही क्या है? वह चुपचाप रसोईघर के दरवाजे पर बैठ रहती है। वे खाना प्रारम्भ करते हैं। एकाध कौर निगलकर भैया गुस्से में बोलते हैं, "मीना! सुबह स्कूल खुलने से पहले विपिन तुम्हारे स्कूल में गया था?"

उसे धड़-से लगता है। क्या भैया सब कुछ जानते हैं? वह भैया की ओर देखने लगती है। वे काफी कुद्ध होते हुए बोलते हैं, "तुम बहुत बिगड़ गई हो मीना! उसी दिन मैंने तुम्हें डांटा था। तुम क्या समझ रही हो कि मुझे कुछ मालूम ही नहीं हो रहा है? हरिचरन सुबह घास गूढ़ने गया था। उसने सब कुछ देखा है। कह रहा था कि सुबह नौ-साढ़े नौ बजे के करीब स्कूल के कमरे में मीना विपिन के साथ बैठी थी..."

उससे अब चुप नहीं रहा जाता है। कहती है, "यह मैं आप लोगों से कहने ही वाली थी।"

"क्या... ?" भैया, बाबूजी और चाचा के मुंह खुले रह जाते हैं। वे भौचक होकर उसे देखने लगते हैं। उनके हाथ के टंगे कौर हाथ में ही टंगे रहते हैं। वह फिर कहती है, "मैं विपिन से शादी करना चाहती हूं।"

"आंय! ..." वे सब एकसाथ ही उठ खड़े होते हैं। अचानक उन सबों के बीच जैसे वज्रपात हो गया हो, वे बेचैन हो उठते हैं। बाबूजी तो जठ हाथ ही

ओसारे की खाट पर जाकर धम से गिर पड़ते हैं। चाचा उसे गालियां बकना शुरू करते हैं। मां, चाची और भाभी छाती पीटते हुए कमरों से निकलती हैं। और भैया, वे तो बस उसके ऊपर टूट ही पड़ते हैं। उसके मुंह पर कसकर तमांचे लगाने लगते हैं। वह उठ खड़ी होती है और भैया के हाथ को झटकते हुए गरजती है, "क्या इस तरह मारकर तुम मेरी आवाज दबा दोगे? बार-बार तुम किस इज्जत की बात करते हो? कौन-सी इज्जत है तुम्हारी? जवान विधवा बहन घर में तडपती है तो तुम्हारी इज्जत नहीं जाती है?"

भैया को जैसे काठ मार जाता है। सभी स्तब्ध रह जाते हैं। वह फिर चिल्लाती है, "हर महीने की अपनी तनख्वाह दे देती हूं तो तुम्हारी इज्जत नहीं जाती है? तुम्हें डूब मरना चाहिए कि एक विधवा लड़की तुम्हारे घर का आधा खर्च चलाती है। ...और इज्जत! कौन इस गांव में इज्जत देखने वाला है? क्या गांव के इन्हीं हिजड़े लोगों के उंगुली दिखाने के डर से तुम लोग मुझे कैद किए हो? मैं अभी विपिन को ले आती हूं।" और वह दरवाजे की ओर बढ़ती है। चाचा चिल्लाते हैं पकड़ो और बांधो इसे! इसे हिस्ट्रिया हो गया है।" भैया दौड़कर उसे "पकड़ते हैं और खींचकर आंगन में पटक देते हैं। फिर बेरहमी से दो-चार लात कसकर उसके ऊपर जमाते हैं। उसे काफी चोट महसूस होती है। वह कराहने लगती है। भैया उसे खींचकर उसके कमरे में फेंक देते हैं और बाहर से किवाड़ बन्द कर ताला चढ़ा देते हैं।

वह कमरे में पड़ी कराहती रहती है। भैया ने निर्दयता से पीटा है उसे। आखिर उसका कसूर ही क्या है? क्या इसी तरह बेकसूर ही वे उसे पीटते रहेंगे और अपनी बात मनवाते रहेंगे? वह सुनती है, आंगन में एक जगह जुटकर वे आपस में बतियाने लगते हैं। उनकी बातों से उसे लगता है कि वे बहुत भयभीत, गमगीन तथा सोच में पड़ गए हैं। भैया के मुंह से वह कई बार विपिन का नाम सुनती है। वे एक बजे रात तक रोते-गाते तथा आपस में सलाह-मशवरा करते रहते हैं। विपिन को यह खबर कहीं मालूम न हो सके, इसके लिए वे आपस में मंसूबे बांधते हैं। फिर अंत में वे यही निर्णय लेते हैं कि उसे इतमीनान से समझाया जाए ताकि इज्जत बिगड़ने से बच जाए।

सुबह उसके कमरे का ताला खुलता है। मां और चाची उसे आंगन में ले आती हैं। फिर उसके शरीर में लगे चोट पर गर्म तेल से मालिश करती हैं। बलात् उसका मुंह धुलवाकर उसे कुछ खिलाती हैं। वह बेमन से थोड़ा-बहुत खाती है। फिर मां, भाभी और चाची इतमीनान से उसे समझाना शुरू करती हैं :

"बड़े और इज्जतदार घरों में विधवा लड़की की दूसरी शादी नहीं होती। बहुत बड़ा पाप लगता है इसमें। और फिर यह लोक और परलोक दोनों बिगड़ जाता है। घर के देवता-पितर नाराज होकर घर छोड़ देते है।" मां कहती हैं।

"गांव क्या कहेगा? समूचा गांव थकेगा। छीः-छीः, कैसी विधवा थी कि गांव के ही एक लड़के से शादी कर ली! बाप-भाई गांव में कैसे मुंह दिखाएंगे? इस घर की शादियां बंद हो जाएंगी। सभी जगह हल्ला मच जाएगा कि फलां की विधवा लड़की गांव के एक लड़के को लेकर निकल गई।" चाची कहती हैं।

"मरे हुए पति की आत्मा पत्नी के इर्द-गिर्द भटकती रहती है। इसी से विधवाओं को सतीत्व और सादगी के साथ रहना पड़ता है। इसीमें उनके मरे हुए पति की आत्मा को शांति भी मिलती है। जिस दिन विधवा दूसरी शादी कर लेती है, उसी दिन उसके पति की आत्मा प्रेत-योनि में बदलकर उसके घर पर मंडराने लगती है। फिर घर से लक्ष्मी रूठकर चली जाती है और घर में भूत-प्रेत का निवास हो जाता है।" भाभी कहती हैं।

वह कुछ बोलती नहीं, सिर्फ ताकती और सुनती रहती है। वे उसे दिन-भर समझाती रहती हैं। वह स्कूल भी नहीं जा पाती है, क्योंकि भैया उसे मना कर चुके होते हैं। अपने से उसकी छुट्टी का दरख्वास्त भैया हेड मिस्ट्रेस को दे आते हैं।

रात में एक बड़ा-सा ताला बाहर के दरवाजे में ये लोग लगा देते हैं। वह जान जाती है, सब उससे डर गए हैं। सोच रहे हैं, भागकर विपिन के पास चली जाएगी। वह अपने कमरे में आकर पड़ रहती है। घर के लोगों के प्रति एक लरजती हुई वितृष्णा उसके अन्दर व्यापक रूप से फैल जाती है। सोचती है,

किस इज्जत के लिए ये मर रहे हैं? कौन-सी इज्जत बनी है इनकी कि उसकी शादी से बिगड़ जाएगी? बाबूजी पर आज भी गांव वालों का सात सौ रुपये कर्ज है। चाचा आज भी खेत में कुदाल चलाते हैं। किसीकी किसी चीज की आवश्यकता पूरी नहीं होती। किसी तरह एक-एक दिन काटे जा रहे हैं और मौत के नजदीक बढ़ रहे हैं। उनकी एक भी आंतरिक इच्छा न तो पूरी हुई है और न होगी ही। तो फिर संतुष्टि और गर्व किस बात का? इन्हें अपनी किस चीच के उघाड़ होने का डर लगता है? आखिर, इनकी कौन-सी चीज छिपी है? गरीबी, आडंबर, ढोंग और अंधविश्वास, सभी तो दीख ही रहे हैं।

वह क्रोध से कांपने लगती है। किन लोगों के बीच इन्हें अपनी इज्जत जाने का डर लगता है? ये इतने हिजड़े और मौंगड़े क्यों हो गए हैं कि सड़ी-गली उंगलियों के उठने पर भी डर जाते हैं? क्या उंगली हरपालसिंह उठाएंगे? कौन नहीं जानता है कि दिन में टीका करते हैं और रात में मजदूरों की लड़कियों को अपने खलिहान में बुला लेते हैं। फिर रविसिंह उठाएंगे? तो उनकी पतोह का चरवाह से फंसना कौन नहीं जानता है? फिर हीरासिंह, जमुनी महतो, गणेश चौबे, लखीराय, जो गांव के पुनीत आदमी हैं, कहां छिपे हैं? कौन उनकी नीचता और नपुंसकता नहीं जानता है? फिर ये कैसे उंगली उठाएंगे? और इनकी उठाई गई उंगलिया क्या डराने लायक होंगी?

वह लाख मांथापच्ची के बाद भी नहीं जान पाती है कि इज्जत क्या होती है? खासकर उसके परिवार जैसे लोगों के लिए, जो चौतरफे की चक्की में पिसे रहे हैं, फिर भी इज्जत-इज्जत चिलाए फिरते हैं! क्या जीवन की अनिवार्य आवश्यकताओं को ठुकराकर ढोंग की पक्षधरता करना ही इज्जत है?

वह सोचती है कि दो सौ तीस का महीना वह इस घर को देती है। फिर भी इस घर की इज्जत से छोटी कैसे है? इज्जत के नाम पर भैया ने उसे स्कूल जाने से रोक दिया है। घर की औरतें चीखने-चिल्लाने लगती हैं कि वह ट्रेनिंग करके शिक्षिका क्यों हो गई? उन्हें अफसोस होता है कि उसे ट्रेनिंग क्यों करवाई गई। क्या उसके द्वारा किए जाने वाला दो सौ तीस का घाटा इज्जत के नाम पर वे हर महीना सह लेंगे? हां, खुशी से सह लेंगे। वे ही क्यों, पूरा गांव ही तो

इज्जत के नाम पर घाटा सह रहा है। हर घर में अनेक औरतें कैद हैं। अगर वे खेत-खलिहान में काम करतीं या लिखती-पढ़तीं तो क्या नहीं कमा सकती थीं?

वह रात-भर सोचती रहती है तथा गुस्से और विद्रोह के कारण भीतर से उफनती रहती है। सुबह मां और भाभी फिर उसे जगाकर आंगन में लिवा लाती हैं। वह कुछ बोलती नहीं है, बल्कि यंत्रचालित मशीन की भांति मुंह धोती, कुल्ला करती तथा खाती है। मां, भाभी और चाची उसे पिछले दिन की तरह ही समझाना शुरू करती हैं। उनकी बातें उसके कानों में पिघले हुए शीशे की तरह लगती हैं। वह चपचाप सुनती जाती है। जानती है, पूरे दिन-भर ये उसे इसी तरह समझाएंगी।

घर की तनावपूर्ण स्थितियों का आज दसवां दिन है। बातें बहुत आगे तक बढ़ आई हैं। उसे घर के अन्दर बंदिनी बना दिया गया है। उसके ऊपर चौबीसों घंटे पहरा दिया जा रहा है। वह घर से एक मिनट के लिए भी निकल सके, इसकी सख्त पाबंदी लगा दी गई है। भाभी, चाची और मां के सिवाय चाचा और बाबूजी भी उसे समझाने लगे हैं। मौत की-सी एक अजीव डरावनी छाया पूरे घर पर मंडराने लगी है। सबों के चेहरे उदास और उतरे-उतरे लगने लगे हैं। भैया जब कभी गांव से घूमकर आते हैं, आंगन में बैठकर फफक-फफककर रोने लगते हैं।

और यह सब विपिन के चलते हो रहा है। विपिन के रोज के नये-नये कारनामे वह घर वालों की जुबानी सुन लेती है। अब तक विपिन ने उन्हें बुरी तरह तंग कर दिया है। जाने कैसे विपिन उसके स्कूल न जाने का कारण जान गया है! वह भी अजीब भेदिया है। जब वह तीन-चार दिनों तक स्कूल न जा सकी थी तो वह उसके घर का चक्कर लगाने लगा था। फिर जल्द ही सब कुछ समझ गया था और भैया को बुलाकर स्पष्ट बात की थी। भैया उसपर बिगड़ गए थे। बस, वह भैया के पास ही गरज उठा था, 'ठीक है, अब मैं तुमसे कहूंगा नहीं। दिन-दहाड़े ही मीना को उठाकर ले जाऊंगा। देखूंगा, कौन मुझे रोकने आता है?'

और उसी दिन से पूरा घर सजग और सचेत रहने लगा है। सबों की नींद

और चैन हराम हो गया है। वे जानते हैं, विपिन कभी भी कुछ कर सकता है। जाने कैसे, रातों-रात ही वह अपने जैसे अनेक युवकों को जुटा लेता है।

आज पन्द्रहवां दिन है। तनाव चरम सीमा तक पहुंच गया है। विपिन का रूप काफी उग्र हो गया है। खबरें गांव में भी इधर-उधर फैल गई हैं। और गांव में बात का बतंगड़ बनते तो देर नहीं लगती है। रोज सुबह उठते ही लोग हल्ला मचा देते हैं कि रात मीना उस झाड़ी में विपिन के साथ थी, कि उस खंडहर में विपिन के साथ कुछ लोगों ने उसे देखा है, कि आधी रात को वे उस दालान से गुजर रहे थे तो फलां काका ने उन्हें टोका था। लेकिन हकीकत तो यह है कि वह अपने घर के अन्दर कैद है। गांव की ये झूठी अफवाहें उसे तनिक भी चौंकाती नहीं हैं। वह जानती है, हर नई घटना घटने से पहले गांव द्वारा इसी तरह के किस्से गढ़े जाते हैं। मी सुबह के दस बज रहे हैं। अब तक रसोई में चूल्हा भी नहीं जला है। भाभी और मां आंगन के कोने में बैठी रो रही हैं। चाचा और बाबूजी ओसारे में एक ही खाट पर निढाल-से पड़े हैं। भैया उनके पैताने मुंह लटकाए बैठे हैं। चाची अपने घर में बेसुध पड़ी हैं। गांव में निकलने को किसीकी शक्ति नहीं होती है। हर गली में उसके और विपिन के किस्से शुरू हैं। विपिन ने पूरे गांव में शोर मचा दिया है और धमकियों से इस घर की पूरी शक्ति को डांवाडोल कर दिया है। वह जानती है, विपिन का हर काम ऐसा ही होता है। वह लुक-छिपकर कुछ भी करना पसंद नहीं करता।

उसे उधर तीन-चार दिनों के लिए घर की वर्जनाओं और पाबंदियों को देखते हुए डर हो गया था कि क्या उसकी योजना अधूरी ही रह जाएगी? लेकिन विपिन के कारनामों से घर के भयभीत लोगों को देखकर वह अंदर से काफी दृढ़ हो चली है। अब उसके अन्दर भय एकदम नहीं रह गया है। उसका जी करता है कि जिस तरह विपिन बाहर दहाड़ रहा है, उस तरह वह भी घर में दहाड़े। जाने अचानक उसके मन में क्या आता है कि वह कमरे से बाहर निकल आती है फिर गरजकर कहती है, “हिजड़ों की तरह मुंह लटकाए क्यों बैठे हो? मैं थोड़े तुम लोगों से कुछ मांग रही हूं। सिर्फ मुझे विपिन के पास चले जाने दो।”

वे तो पहले ही उसपर खफा थे। उसीके कारण उन लोगों की इज्जत जा रही थी। बस, वे सब एक ही साथ उसके ऊपर टूट पड़ते हैं। चाचा चार-पांच चांटे कसकर लगते हैं। भैया लातों से उसे जी-भरकर पीटते हैं। बाबूजी गरजकर कहते हैं, "लाओ गंड़ासी, अभी मैं इसे खत्म कर देता हूं।"

और फिर उसे कमरे में ठेलकर भैया बाहर से ताला लगा देते हैं। इस बार फिर चोट उसे काफी लगी है। दर्द से चीख उसके मुंह से निकलने-सी लगती है। वह किसी तरह बिछावन पर गिर रहती है। घुटने और कमर का चोट उसे ज्यादा पीड़ादायक महसूस होता है।

दोपहर के करीब आंगन में उसे फुसफुसाहट की आवाजें सुनाई देती हैं। वह ध्यान देती है, फिर भी बातें साफ-साफ नहीं सुनाई पड़ती हैं। उसे उत्सुकता जागती है। आखिर घर की चिख्-चिख् शांत कैसे हो गई? और सन्नाटे के बीच फुसफुसाहट क्यों आ गईं? वह बिछावन से उठकर किवाड़ के पास आ बैठती है और कान लगाकर सुनने लगती है। भैया के मुंह से उसे डोमन चमार का नाम दो बार सुनाई पड़ता है। फिर चाचा के मुंह में 'रात में बारह-एक बजे के करीब मरवा दिया जाए' वह सुनती है। एकाएक सन्न् से उसके शरीर का रक्त सूख जाता है। मौत की क्रूर और विकराल छाया उसे अपने ऊपर मंडराती दिखने लगती है। दुनिया भर का तमाम भय उसके अंदर भर जाता है। वह कांपने लगती है। फिर किवाड़ के पास ही जमीन पर लेट जाती है।

डोमन चमार की डरावनी आकृति उसकी आंखों के सामने घूमने लगती है। गांव का सबसे लम्बा-चौड़ा और तगड़ा आदमी। पहाड़ की तरह बड़ा-सा माथा, भंटे की तरह बड़ी-बड़ी आंखें, चेचक के दागों से भरा हुआ चेहरा और गले में एक काला-सा ताबीज। दिन में ही डोमन को देखने पर डर लगता है। गांव का एकमात्र जल्लाद है डोमन। सौ-पचास रुपये पर ही काम कर देता है। सिर्फ आधे घंटे की यह फीस है उसकी। सब कुछ ठीक-ठाक रहता है और आकर काम करके चला जाता है।

उसे फुलन बो, ठेगु की लड़की सोनिया और मुसम्मात गजाधर बो की

याद आ जाती है। डोमन द्वारा इन लोगों का भी सफाया कराया गया है। फुलन मिलिटरी में काम करता था। उसकी औरत यहां रहती थी। पड़ोस वाले रामजी चौबे, जो उसके घर आते-जाते थे, उससे बझ गए। फिर क्या था, उसके घर उनका आना-जाना बढ़ गया। फलतः फुलन बो गर्भवती हो गई। अभी गर्भ गिरवाने के लिए रामजी चौबे प्रयत्न कर ही रहे थे कि फुलन आ गया। टोला-पड़ोस से उसे सब बातें मालूम हो गईं। बस, एक रात उसने डोमन से अपनी पत्नी का सफाया करवा दिया और लाश सुबह होते-होते ही जला डाली। गांव में इस बात की झूठी अफवाह फैला दी कि अचानक पेट के दर्द से मर गई।

इसी तरह ठेग की लड़की सोनिया भी, जो निखिल नाई से फंसकर कुंवारे में ही गर्भवती हो गई थी, डोमन द्वारा मरवाई गई।

और मुसम्मात गजाधर बो! उनको तो धन के लालच से तपेसर ने मरवाया। गजाधर तपेसर के बड़े भाई थे। जब गजाधर की मृत्यु हो गई तो तपेसर ने गजाधर की औरत को तकलीफ देना शुरू किया। वे उससे ऊब गईं और अपने हिस्से की जायदाद गांव के एक आदमी के नाम लिखने पर तुल गईं। इससे पहले कि वे लिख पातीं, तपेसर ने एक रात डोमन से उसका सफाया करवा दिया।

उसे महसूस होता है, जैसे डोमन का खुरदरा हाथ उसके गले को दबोच रहा है। वह तिलमिलाकर उठती है और खाट पर गिर जाती है। उसकी छाती बुरी तरह धड़कने लगती है। उसे अपना कंठ सूखता हुआ प्रतीत होता है। कमरे की हर चीज उसे डरावनी लगने लगती है। उसे कहीं भी कमरे में छिपने लायक जगह नहीं दिखती है। वह जिधर ताकती है, उधर ही डोमन की बड़ी-बड़ी आंखें उसे दिखती हैं। एक मिनट उसे एक वर्ष की तरह लगने लगता है। वह डर से बुरी तरह हांफने लगती है।

दिन कैसे बीता? यह एक दहला देने वाली दारुण कहानी है। हर पल मौत के भय से आक्रांत वह दिन भर बेहोश-सी रहती है। शाम में आंगन से फिर फुसफुसाहटें आनी शुरू होती हैं। वह फिर कांपने लगती है। उसकी आंखें

एकटक कमरे की किवाड़ पर जा टिकती हैं। हवा के झोंकों से किवाड़ का हिलना भी उसे दहला देता है। उसे लगता है, जैसे अचानक किवाड़ खुलेगा और हाथ में लोहे का कोई तेज हथियार लिए डोमन आ जाएगा। फिर वह लाश में बदल जाएगी। विपिन से उसकी मुलाकात नहीं हो पाएगी। बाद में विपिन का कुछ भी करना कोई माने नहीं रखेगा। वह थोड़े लौटकर आएगी।

रात के दो बजे के करीब उसे अपने कमरे का किवाड़ कुछ हिलता-सा महसूस होता है। भय के मारे उसकी आंखें मूंद जाती हैं और बुरी तरह कंपकंपी शुरू हो जाती है। वह आंख खोलती है—किवाड़ खुल गया है और सचमुच डोमन उसके कमरे में आ गया है। वह चीखने के लिए मुंह खोलती है कि डोमन का बायां हाथ उसके मुंह को बन्द कर लेता है। वह बड़ी-बड़ी अति भयभीत आंखों से डोमन को देखने लगती है। डोमन के क्रूर चेहरे पर मुस्कान की एक हल्की-सी रेखा उग आती है। फिर धीरे से बोलता है, "डर गई हो मीना! मैं तुझे मारूंगा नहीं। तेरा भैया एक सौ रुपये देकर मुझे ले आया है। लेकिन जानती हो, विपिन के बल पर ही हम गरीब इस गांव में टिके हैं...तू जल्द यहां से भाग जा...मैं अभी जाकर उन सबों से कहूंगा कि वह नींद में पड़ी हुई है... मुझे गांजा पी लेने दीजिए तभी ठीक से काम होगा। और मैं उन सबों को बझा लूंगा। वे सब एक ही कमरे में हैं। इस बीच तू दरवाजे से भाग जाना।"

अचानक उसकी सम्पूर्ण चेतना वापस आ जाती है। किसी फिल्मी ड्रामे की बनावटी घटना की तरह यह सब कुछ उसे प्रतीत होता है। वह तेजी से खाट से उठ बैठती है। उसे अपने शरीर में गजब की फुर्ती महसूस होती है। डोमन के कमरे से जाते ही वह धीरे से निकलती है। बिजली की तरह वह दरवाजे से गुजरते हुए गली के अन्धकार में आ जाती है। उसे गली के अंधकार में दीवार से सटा कोई पुरुष जान पड़ता है। क्या उसके घर का ही कोई है? वह भागने को होती है कि वह पुरुष उसे पकड़ लेता है। वह देखकर दंग रह जाती है कि वह पुरुष विपिन है। वह विपिन से बुरी तरह लिपट जाती है और फफकने लगती है। विपिन उसे चुप कराता है, "तू डर गई थी पगली! मैं सब कुछ जानता था। डोमन को मैंने पहले ही बता दिया था।"

विपिन उसे अपने घर ले आता है और अपने कमरे में बैठाता है। वह अब भी हांफती और रोती रहती है। विपिन करीब बैठकर उसका माथा सहलाने लगता है और आंसू पोंछने लगता है। वह कहती है, "यहां जल्द ही मेरे घर वाले आ जाएंगे।"

विपिन कहता है, "तुम्हारे घर वाले नहीं, पुलिस वाले अब आने ही वाले हैं। मैं अपने दोस्त उमेश को थाने पर कभी का भेज चुका हूं।"

और सुबह हाहाकार मच जाता है। पुलिस के आठ-दस कांस्टेबलों के साथ विपिन उसे लेकर शहर जाने लगता है। उसने ढेर-सारा सिंदूर अपनी मांग में लगा लिया है। विपिन के घर से चलते वक्त अपने घर वालों को दिखाने के लिए उसने विपिन से मंगाकर ढेर-सा सिन्दूर लगा लिया है।

जब वह अपने घर से गुजरने लगती है तो देखती है, गलियों में बुरी तरह भीड़ लगी है। अपने दालान पर माथा झुकाए भैया, चाचा और बाबूजी खड़े हैं। उसे बर्दाश्त नहीं हो पाता है। वह आगे बढ़कर भैया के मुंह पर थूक देती है। पुलिस के कांस्टेबल खिलखिला पड़ते हैं। गांव वाले भी हंसने लगते हैं।

वह आगे बढ़ जाती है। विपिन उसके बगल में है। गांव के औरतमर्द ही नहीं, बच्चे भी घर से निकलकर बुरी तरह गलियों में भरते जा रहे हैं। भीड़ के कारण तेजी से चलना मुश्किल हो जाता है। सिपाही छड़ी से भीड़ को छांटते जाते हैं। आज की तरह भीड़ गांव में कभी नहीं देख पाई थी वह। लेकिन इस भीड़ का कारण भी वह जानती है। यह गांव की पहली घटना है।

●●●